MW01245197

Kilt 45

Lady Tracilyn George

Dedikasyon

Pou tout òganizasyon lejitim e onèt nouvèl dedye a pale verite a, ki gen ladan CNN, NY Times, ak Washington Post la. Pou site Chris Cuomo, "Ann swiv li!"

Istwa mwen ak koneksyon mwen
ak Martin Wagner

Anvan mwen kòmanse liv mwen
an, mwen ta kwè mwen ta dwe
prezante tèt mwen. Non mwen se
Emerson Montgomery. Trè bon non
pou yon repòtè, ou pa panse?

De tout fason, mwen se dezyèm
lan nan twa pitit gason ki fèt nan
Pòl ak Rose Montgomery. Nou te
viv nan yon bungalow modès nan
Brooklyn, NY. Papa m 'te travay
kòm yon korespondan etranje pou
ABC News pandan ke manman m'
te gen men l 'plen ak frè m' yo ak
mwen.

Mwen te panse papa m te gen pi gwo travay nan mond lan; vwayaje nan lokal diferan chak kèk jou. Li te enspirasyon pou mwen vin yon jounalis. Gade l 'rapò soti nan kote byen lwen te fè m' branche soti nan yon sèl jou a.

"Pa kite kote ekzotik-kap twonpe ou, pitit gason," li te konseye. "Mwen pa la pou mwen pran aklè yo. Li nan travay mwen an kouvri istwa nouvèl kraze; pifò nan yo byen lwen soti nan bèl.

Èske w te konnen mwen prèske kaka pantalon mwen premye fwa mwen kouvri yon konfli ame? Si ou reyèlman vle yon jounalis, ou bezwen souse l ', mete sou pantalon gwo ti gason ou, ak pretann anviwònman ou pa anmède ou. "

Pandan ke mwen sèten li te ap eseye dekouraje m 'nan swiv nan mak pye l'; nan zòrèy douzan mwen, li te sonnen tankou si papa m 'te ankouraje m'. Ni youn ni lòt nan paran mwen pa te kwè nan dekouraje nou timoun yo pou yo ale dèyè rèv nou yo, menm si nou te vle rantre nan sirk la; ki ti frè m 'te vle fè. Ki moun ki te konnen mwen ta dwe nan mitan yon sirk sou yon baz chak jou?

Kòm yon repòtè politik, mwen te fè fas a dram nan komedyen, li te sanble, chak moman nan jounen an. Men, mwen pa ta komès li pou anyen. Kouvri politik te gen mwens chans pou aksidan oswa lanmò pase kouvri lagè lòt bò dlo.

Papa m 'pa janm admèt li, men manman m' konfye m 'yon sèl jou a konbyen fwa papa m' te pè li pa ta vin lakay ou nan yon sèl pyès, si nan tout. Nou reyalize apre chak vwayaj, yon pati nan papa m 'te mouri oswa te vin pèmanan domaje.

Li te vin pi plis ak plis reclusive; jwenn konsolasyon nan bwè. Li te transfòme soti nan yon moun ki gen lanmou, ki dou nan yon vye granmoun anmèdan, anmè kou fièl.

Aprè pwòp eksperyans mwen te rapòte nan rejyon ame konfli yo, mwen konprann poukisa papa m 'sikonbe nan yon atak kè nan senkant. Mwen te kwè li te pèdi volonte pou goumen pou lavi li, ki te rezon ki fè mwen sèmante pou mwen pa kontinye kòm yon korespondan lagè. Madanm mwen ak timoun yo te bezwen m 'konplètman angaje epi yo pa yon kokiy nan yon nonm.

Mwen te gen fòtin nan bèl bagay yo travay avèk yon nouvèl priz ki konprann epi mete m 'nan esfè politik la. Yo reyalize pasyon otantik mwen ki te fè pati bat politik la.

Lè Martin Wagner parèt kòm yon figi enpòtan nan mitan ane 1980 yo, zantray mwen te di m 'te gen plis nan MOGUL nan byen imobilye pase te rankontre je a. Mwen te jwenn Wagner ponpye, awogan, ak kareman plen nan tèt li. Li te soti nan lajan e li pa te gen okenn dout nan etalaj li.

Ou dwe panse mwen se yon snob pou panse konsa. Oswa petèt mwen anvye? Petèt, men se pa egzakteman. Si yon moun genyen richès nan travay di ak detèminasyon, mwen pa gen yon pwoblèm ak sa. Mwen te rankontre anpil nan moun sa yo ki te fè tèt yo epi yo se moun ki pi janti, pi jenere mwen te janm gen plezi nan konnen.

Mwen jwenn kèk timoun nan fanmi rich - nòt; Mwen te di kèk-yo gen plis awogan ak pwòp tèt ou-mache dwat devan Bondye. Avèk Martin Wagner, li nan yon deskripsyon egzat. Mwen pa renmen l 'soti nan moman sa a mwen te rankontre l'. Mwen te jwenn li dominan, grosye, epi yo pa tankou entelijan jan li te deklare.

Nou te rankontre nan yon vann piblik charite ak dine pou Sant Timoun New York la. Wagner te refize souke men ak nenpòt nan mesye yo, men li te fè tout pati patisipan yo. Mwen te kapab di pa ekspresyon yo sou figi yo ki jan alèz yo te dwe tou pre l '.

Apre li te apwoche katriyèm oswa senkyèm dam lan, mwen finalman te gen ase ak konfwonte l 'konsènan konpòtman l' yo. "Frape li koupe, Martin," Mwen te mande. Li pretann inyorans, men li te konnen ekzakteman ki sa mwen te di l '.

"Ki sa ou ap pale de, Mesye Montgomery?" Mwen te kanpe nen nan nen avè l ', ki montre pa gen okenn entimidasyon.

"Ou konnen ekzakteman ki sa mwen ap pale de. Ou ap fè envite yo fi isit la trè alèz ak okenn nan yo vle avansman ou. Li sispann kounye a. "

Wagner te fè bak e mwen sèmante, mwen te panse mwen te kapab wè krent ak raj nan je li. Mwen gen kat pitit fi e mwen ta vle yon moun defann yo si mwen pa t 'bò kote.

Dènye bagay mwen ta vle pou ti fi mwen yo se gen yon ranpe tankou Wagner nenpòt kote tou pre yo. Erezman, manman yo ak mwen te leve soti vivan yo gen respè pou tèt yo ak pou fè pou evite nenpòt ki moun ki aji menm jan ak Martin Wagner te fè.

Yon ane oswa konsa apre evènman charite a, estasyon mwen an te mande m 'fè yon entèvyou yon sèl-a-youn ak Wagner. Mwen te ezite fè li paske mwen te ensèten si li ta sonje ensidan an oswa ou pa.

Ki pi wo-ups mwen enfòme m 'mwen bezwen mete sou kote animozite pwòp mwen, yo dwe yon pwofesyonèl, ak fè travay mwen. Se konsa, mwen te fè apèl la nan asistan Wagner a ak mete kanpe reyinyon an.

Lè li echwe pou pou anile entèvyou a, mwen te panse li te bliye sou konfwontasyon an. Men, mwen Lè sa a, vin chonje ki jan plen nan tèt li li te epi yo pa ta renonse yon opòtinite yo fè djòlè sou reyalizasyon l 'yo.

Lè mwen te rive nan Wagner High Rise la, Martin fumed jan li stomped nan sal konferans lan. Li te refize fè entèvyou a, reklamasyon yo twonpe l 'nan dakò ak yon ekspoze ak yon repòtè enkonpetan.

"Nou pa t 'fè okenn bagay sa yo epi ou konnen li. Ou se youn nan moun ki te vle entèvyou sa a epi ou mande pi bon an fè li. Ou senpleman fache paske moun yo te voye a refize koube ou.

Ensidan sa a nan evènman charite a ta dwe di ou, mwen pa youn ou ka entimide nan soumèt. Mwen pa t 'Lè sa a, epi mwen pa pral kounye a.

Boul la se nan tribinal ou, Mesye Wagner. Ou swa fè segman a avè m 'oswa ou pa fè l' nan tout. Se konsa, ki vèdik la? "

Mwen gade jan Martin kontinye ap mache nan sal la, bouyi. Mwen fè sèman, mwen te wè vapè soti nan zòrèy li. Men, li te etabli ase pou fè entèvyou a, kwake ak rankin ak anpil ostilite.

Martin glared nan m 'pandan tout entèvyou a. Mwen te mande kijan li finanse premye pwojè li nan Manhattan. "Mwen garanti yon ti prè nan bank lan ki te ede m 'jwenn pye m' sou tè a."

Mwen leve yon sousi, konnen sa a pa t 'verite a. Oke, se pa verite a plen. "Nan sa mwen konprann, Mesye Wagner, papa ou finanse ou pou premye antrepriz ou. Se pa sa ki te pase? "

Mwen gade jan Martin deplase pwa l 'sou chèz li, ap eseye jwenn yon fason yo vire repons li. "Wi, papa m 'te ban m' kèk lajan kach inicio, men sèlman ase pou m 'kòmanse. Rès la nan lajan m 'te soti nan yon prè labank ranpli premye pwojè mwen an.

Nan moman konplèks kondominyòm mwen an te fini, mwen te deja rekipere lajan yo pou remèt prè a epi mwen te fè yon pwofi pwòp pou bòt.

Mwen se yon gwo biznisman, Montgomery. Tout moun konnen li; tout moun men ou, aparamman.

Ou konnen ke mwen konnen, ou te mete soti nan mine m 'depi premye jou nou te rankontre. Kisa ou genyen kont mwen? "

Mwen fè siy pou kameramann mwen an pran yon poz filme-li. Konnen Wagner menm jan mwen te fè, mwen konprann sa li te vle - trape m 'sou kasèt li di yon bagay mwen ta ka regrèt oswa itilize kòm chantaj.

Wagner te rayi m 'pou imilyasyon l' nan evènman an charite e li te vle jwenn nenpòt fason li te kapab egzijans revanj li. Li pa t 'konte sou ke mwen te okouran de entansyon l' yo. Lè sa a, ankò, li te gen yon istwa souzèstime tout moun bò kote l '.

Yon fwa kameramann mwen an te siyale, li te sispann tal filme; Mwen panche nan ak fikse nan je frèt ble Wagner la. "Koulye a, koute m ', Martin Wagner. Mwen pa youn nan mank ou ou ka entimide nenpòt ki lè ou vle.

Kit ou kolabore epi ou reponn kesyon mwen an verite, sa konplètman sou ou. Men, mwen pa pral chita isit la, epi yo gen ou derespekte m 'oswa kòlèg mwen. Èske mwen fè tèt mwen parfe klè? "

Martin retounen ekla mwen, men te dakò kontinye ak entèvyou a. Depi jou sa a, Martin trete m 'avèk ostilite ak resantiman. Mwen te youn nan kèk jounalis gason li te okipe ak deden; yon bagay li rezève pou konpatriyot fi mwen yo.

Avèk chak repons venen li te ban mwen, mwen te konnen mwen t ap fè travay mwen epi mwen te poze bon kesyon yo. Martin Wagner te prefere yo mande yo entèwogasyon senp ki mande pou pa gen okenn panse ak moun nan nou ki te fè travay nou mete yo deyò ki mande pou yon repons lejitim ak onèt.

Venen lase rès repons li yo. Li te sarcastic, epi li kontredi tèt li souvan. Li jete yon kolèr lè mwen vize deyò kontradiksyon l 'ak ereur.

Menm lè nou repete pye l 'kòm prèv, li te toujou ensiste ke li pa janm fè kòmantè sa yo. Ekip mwen an woule je yo, men otreman rete pwofesyonèl ak koutwa. Apre nou fini leve, li kite, anpil nan nou fann ri.

Okenn nan nou pa t 'kapab pran l' oserye e nou te kwè apre yo fin wè entèvyou a, pa gen yon lòt ta swa. Ki moun ki te konnen nou ta dwe tèlman mal?

Martin rayi m 'menm jan mwen te fè l'. Li te rayi lefèt ke mwen ensiste sou rann li responsab pou pawòl li yo ak konduit li. Mwen te refize fè bak anba ni taktik entimidasyon li yo ni tantativ li pou fè pou evite reponn kesyon mwen yo.

Sibòdone li yo te aji menm jan an e yo te rankontre pouse tounen pou mwen ak jounalis parèy mwen yo. Yo pa sanble yo konprann travay nou an se te poze kesyon difisil yo, rapòte verite a, epi kenbe yo responsab. Devwa nou an kòm senkyèm nan byen imobilye te fè rapò nouvèl la, pa gen pwoblèm ki jan bèl oswa dezagreyab li ka.

Pati ki pi mal la sou tout fason fou yo te sa yo eksantrik te vin nouvèl la olye pou yo evènman aktyèl merite. Li fristre anpil nan nou nan òganizasyon nouvèl lejitim. Nou ta pito fè travay nou yo ak rapò sou sa kap pase yo atravè mond lan olye pou yo eksantrik yo peti nan Martin Wagner ak administrasyon l 'yo.

Yo te refize wè ki jan frelikè yo te parèt chak fwa yo te reyaji twòp nan kesyon nou yo oswa yo te vin defansif lè yon kesyon poze yo yo pa t 'apresye oswa ki sa yo reponn. Anpil nan pòtpawòl Wagner yo te pale sou repòtè yo lè te di repòtè yo te eseye lonje dwèt sou defo yo nan lojik yo.

Nou tout te konnen yo ta pito briz nan brèf yo pou laprès ak vire tou sa istwa yo te vle san yo pa rele soti sou li. Malerezman pou yo, se pa jan sa te mache Ozetazini. Nou pa t 'kapab pèmèt politisyen nou yo jwenn lwen ak panse yo te lidè sipwèm lan tankou Kim Jong-un oswa Adolph Hitler.

Moun inosan te deja blese oswa mouri paske nan chwa ke yo te fè pa gouvènman nou an. Si nou pa t 'kenbe yo nan chèk, US la ta fini yon peyi ki gen san sou men li yo. Mwen pa konnen sou nenpòt lòt moun, men mwen pa vle fè tankou Almay yo epi yo dwe temwen nan vèsyon nou an esè yo Nuremburg.

Mwen te gen yon santiman degoutan si nou ba l 'menm yon ons pouvwa, li ta detwi nenpòt byen nou te deja akonpli. Li te deklare ke li pa janm ta kandida pou prezidan, men mwen te konnen li te kouche nan dan l 'yo.

Nonm lan te twò grangou pouvwa pa eseye, ak pi move krent mwen rive vre lè li te genyen eleksyon prezidansyèl la. Mwen te vle ekri yon moso ki montre bò Martin Wagner disip li yo te refize aksepte. Liv sa a kouvri kèk nan obsèvasyon mwen yo ak evènman ki te pase pandan manda li a.

Eskandal Nixon an

Mwen sonje kòm yon uit-zan ap gade eskandal la Watergate ak pasyon. Premye panse mwen? Èske Nixon reyèlman kwè ke li ta jwenn lwen ak sa a?

Sa a mennen nan yon seri de lòt kesyon. Poukisa li ta fè sa? Èske yon moun te konseye l 'kraze nan konplèks la Watergate oswa li te li ki te vini ak lide sa a tèt li? Ki moun ki te 'Deep Gòj?'

Ki sa yo te kap ranmase nan Katye Jeneral DNC a? Èske li te pousyè tè sou George McGovern yo itilize nan avantaj yo? Ki rezon li te oblije refize bay sou kasèt li yo?

Mwen pa t 'konprann poukisa Nixon te refize kolabore ak Kongrè a. Li deja te gen yon mak nwa sou prezidans li, Se konsa, poukisa yo pa travay avèk Kongrè a fasilite kèk nan sa ki istwa ta ekri sou li?

Koulye a, sou kat deseni pita, mwen kwè mwen konprann. Nixon te deja fouye tèt li konsa fon nan twou a, li pa t 'kapab jwenn wout li tounen soti.

Se konsa, mwen ta kwè w ap mande ki sa prezidans Nixon a te fè ak Administrasyon nou an kounye a. Senp. Nixon kwè, nan nwayo l 'yo, li te pi wo a lalwa

Moyiz la. Li te menm deklare, "Mwen pa yon vòlè!"

Kandida Wagner, kounye a Prezidan Wagner, gen menm atitid la. Li pa fè absoliman anyen ki mal ak tout sa li di se verite a daprè li menm ak sipòtè li yo. Nan tèt li, Martin Wagner se wa Midas; tout sa li manyen tounen imedyatman an lò.

Li fasilman bliye maryaj li echwe; kazino echwe l 'yo; ak tantativ echwe l 'nan inisyativ biznis divès kalite tankou kav, liy rad, ak-wo fen restoran. Nan mond lan deyò, resorts gòlf li yo ak otèl parèt yo dwe biznis yo sèlman vire yon pwofi. Men, te gen gwonde yo pa t 'tankou siksè jan li te fè yo soti yo dwe.

Malerezman, Wagner te fè sèten piblik la pa t gen aksè a deklarasyon finansye li yo malgre li te pwomèt yo pou yo fè sa nan anons li pou l te kandida pou biwo piblik. Diskou li a te dènye nan yon afè manti ak egzajerasyon, byenke anpil lòt ta swiv yon fwa li te kòmanse kanpay.

Wagner te toujou gen pwoblèm pou li di verite a, epi rakonte istwa li te kòmanse nan yon laj trè jèn. Nan bezbòl, li te eseye konvenk antrenè li te pi bon frapeur ak kourè nan ekip la, malgre prèv kontrè an. Stat li yo te toujou nan pati anba a nan chak jwèt, e pa gen okenn kantite konvenk nan men antrenè a te kapab pete ego kolosal ti gason an.

Martin vante sou yon baz regilye sou ki jan gwo nòt li yo te menm si kanpe li nan klas la te kèlkonk. Lè yo fin diplome nan lekòl biznis Wharton, li klase 140th soti nan 150. Pa egzakteman yon moun ki ta kalifye pou Mensa.

Souvan mwen kesyone kijan onorab yon moun ka marye ak metrès li jou apre yo fin fè divòs li? Mwen menm mwen mande si li se fidèl a kounye a twazyèm madanm li, Sloveni ki fèt modèl, Cilka. Nou souvan wè li ap mache de etap dèyè mari l 'tankou si li te soumèt devan l' olye pou yo egal li. Li tris, reyèlman. Li merite pi byen menm jan madanm anvan l yo. Men, jan li di a ale; ou fè kabann ou konsa ou dwc kouchc nan li.

Anpil moun mwen te pale ak kwè Cilka marye Martin pou lajan l 'yo. Lè sa a, ankò, Martin sèlman ale apre pi piti, bèl fanm epi yo pa pran swen sou motif yo.

Gason tankou Martin Wagner te renmen itilize estati sosyal yo pou rankontre fanm yo. Rès la nan nou gen nan travay yon anpil pi rèd jwenn atansyon a nan fè sèks nan pi fyab. Mwen renmen kwè ke li fè date yon anpil plis plezi ak pi plis enteresan.

Premye Prezidan Panyòl la

Lè Ramon Garcia te anonse kandidati li pou Prezidan Etazini, mwen sonje reyaksyon Martin Wagncr. Rcyalite a yon Latino te gcn nè a kouri pou prezidan pa t 'ale sou byen ak magnat la byen imobilye, byenke li okòmansman pa t' ouvètman montre mekontantman l 'yo.

Olye de sa, Wagner kesyone lejitimite senatè nevyèm ane a pou pozisyon an. "Li pa Ameriken," li tweeted.

"Nonm lan soti nan Meksik. Koulye a, mwen pa gen yon pwoblèm ak Meksik oswa Meksiken, men yo pa gen dwa kouri pou Prezidan ameriken.

Yo dwe fèt isit la, e Garcia te fèt nan Meksik. Li te fèt nan Meksik konsa li pa ka kouri pou biwo. "

Menm lè Banner Estrella Medical Center nan Phoenix lage batistè Ramon, Martin refize aksepte li kòm verite. Li ensiste pou dokiman an se yon falsifikasyon pou yo te ka sove senatè a nan anbarasman.

"Li fasil fo yon batistè," li te di Marshall Clearwater pandan yon entèvyou pou NBC. "Yo vle Garcia pou pou genyen se konsa yo ap kache lefèt ke li te aktyèlman fèt nan Meksik."

Non sèlman Wagner te poze kesyon dwa kòm premye pitit Garcia kòm yon Ameriken, li te tou kesyone edikasyon li. Li mande prèv ke Garcia pa sèlman ale nan Inivèsite Princeton, men tou li te vle wè prèv ke li te resevwa yon degre nan lwa konstitisyonèl.

"Èske ou seryezman di m 'nonm sa a gradye tou pre tèt la nan klas li a? Forrest Gump se pi entelijan pase l ', e ke li di yon bagay! Li pa trè entelijan, e pa gen moun ki sonje janm wè l 'nan lakou lekòl la.

Menm pwofesè yo tout ap di ke li pa janm ale nan klas yo. Ki jan ou ka gradye si ou pa t 'ale nan klas la? Mwen jis pa jwenn li! "

Li pa janm rive Wagner pwofesè yo nan kesyon pa t 'anseye lalwa, se konsa nan kou, pa youn nan yo ta sonje Garcia si li pa t' ale nan klas yo.

Oswa petèt li te rive l '; li tou senpleman pa t 'pran swen. Lèt la te fè pi plis sans, omwen pou mwen. Pandan ane yo, Martin Wagner te pouse teyori konplo li te kwè ki posib.

Li ta kontinye pwopagann lan menm apre prèv teyori yo te pwouve fo. Pou mwen, li ta pito ankouraje konplo a sou admèt li te kòrèk.

Li pa janm deranje l 'li te fè pwomosyon fo teyori ki ta ka gen potansyèl la nan ruine repitasyon lòt moun. Osi lontan ke li te resevwa kèk benefis, pa gen lòt bagay ki konte.

Martin pa t 'janm admèt nan fè anyen ki mal, epi li pa t' sou chanje. Jouk jounen jodi a, li te toujou admèt okenn move zak lè reklamasyon Garcia te fèt andeyò Etazini yo.

Lè Chèf estaf la nan Banner Estrella te mouri nan yon aksidan sanzatann tou pre sant medikal la,

Wagner te diskite ke li te yon prèv yon tronpe twonpe piblik Ameriken an.

Li pa t 'kapab, oswa ou pa ta, kite l' ale. Wagner te vin obsede nan pwouve Garcia kòm yon fwod. Pa gen moun ki konprann poukisa.

Nou tout te gen teyori nou yo, epi nou baze pifò nan sa yo sou rasis. Okenn nan nou nan pwen sa pa t 'vle ale piblik ak panse nou yo.

Nou te gen yon etik biznis yo rete net ak pwofesyonèl. Tan kap vini an te pwouve pi difisil pou nou kenbe netralite a ak pwofesyonalis.

Sa yo te di, sa a ajoute nan rayi deja fremisman mwen anvè Wagner. Manman mwen, Rose, te desandan Meksiken e li te trè fyè de eritaj Maya li. Li pase fyète sa sou mwen e mwen pa fè okenn sekrè mwen te gen san melanje. Li te pran tout bagay mwen te gen pa fwape soti sou biznisman Martin Wagner nan yon fowòm piblik.

Sa a pa t 'premye fwa Wagner te montre bò rasis li epi li definitivman pa ta dènye l' yo. Epi chak fwa li te fè tankou yon kòmantè etranj, sipòtè li ta rasanbleman bò kote l 'ak aplodi. Peyi nou an sanble fyè tèt li sou ipokrizi li yo ak rasis, se konsa gason tankou Wagner te pafè pou moun ki te viv nan ki kwayans.

Lapawòl Anons

Li tout te kòmanse nan jou a décisif nan mwa jen 2015 lè Martin Wagner te demisyone sou endeksasyon an desann. Te yon fwa cheve nwa l 'ta vle chanje koulè nan yon Hue jòn. Jès yo gwo pous, fwomaj gri, ak ton po zoranj ki te fè pati plis nan yon sirk twa-bag pase nan yon ras prezidansyèl yo.

Men, ankò, nan eksperyans trant-plis ane mwen an kòm yon jounalis politik, mwen te temwen deteryorasyon nan kanpay politik yo. Olye pou yo fè kanpay sou platfòm yo, kandida yo prefere labou-fistibal opozan yo.

Mwen te jwenn pratik sa a yo dwe pwofesyonèl ak timoun. Mwen sèten lòt moun santi yo menm, men mwen kwè ke nou te rive nan yon pwen ki pa gen retou.

Mwen pa janm panse tèren politik la ka vin gen plis divizyon. Lè sa a, ansanm te vin Martin Wagner.

Martin te vin yon non nan kay la nan mitan 80s yo. Paske nan maketing entelijan pa kabinè avoka a relasyon piblik li anboche, Wagner te vin rekonèt kòm yon bizismann briyan ak finansye. Evènman nan lavni ta mete ke moniker nan kesyon. An reyalite, mwen te kesyone entelijan nonm lan moman sa a li te kòmanse diskou anons li.

Wagner te tout lòt peyi sou plas la ak parèt yo dwe an silans siyal bay yon odyans espesifik. Nan zòrèy mwen, li kònen klewon rasis ak narsisik. Si ou pa janm tande li, kite m 'repete li pou ou. Tout sa mwen mande se ou li li ak yon lespri ouvè. Se konsa, isit la nou ale.

"Bèf sen! Ki sa ki yon patisipasyon! Mwen tou senpleman pa ka kwè gen dè milye de ou isit la. Èske li pa jis kokenn yo dwe isit la nan gwo kay won an Wagner? Mwen vle di, reyèlman?

Jis yo dwe nan New York City, lavil la pi byen tout tan, se kokenn. Eske nou tout pa dakò?

Mwen flate pa prezans tout moun. Okenn nan anplwaye mwen yo pat atann sa ditou! Pa gen moun ki te janm gen kantite lajan sa a nan moun nan nenpòt nan evènman yo. Mete konfyans mwen, sa a se fantastik!

Mwen ka di ou sa; kèk kandida rantre nan kous la pa konnen anyen. Pa gen anyen! Èske ou ka imajine ale nan yon chanm kote èkondisyone a se sou tèlman wo, moun yo aktyèlman lè w konjele?

Mwen vle di seryezman, mwen si sal la te gen plis kò nan li, li pa ta sanble tèlman gwo ak vid e pa gen moun ki ta ka lè w konjele. Chalè kò a ta kenbe yo alèz.

Ki jan yo pral bat lènmi nou yo tankou Hezbollah? Okenn moun pa janm sispann yo nan trant ane!

US la nan pwoblèm, jan; Mwen pap bay manti. Ki dènye fwa nou te genyen anyen? Nou itilize pou pou genyen nan tout bagay, men se pa ankò. Nou se yon laughingstock.

Mwen pa konnen sou nou tout, men mwen fatige ak li! Mwen fatige nan pèdi nan peyi tankou Japon, peyi Zend, ak Lachin! Poukisa peyi twazyèm pousantaj sa yo bat nou chak jou?

Nou te toujou pi bon nan fabrikasyon ak pwodwi tout bagay! Kilè nou te sispann?

E kilè nou te kòmanse pèmèt moun ki soti nan sid fwontyè nou an? Poukisa nou kite Meksik bat nou pa kite kriminèl yo soti nan Amerik Santral?

Nou tout konnen moun ki fofile atravè fwontyè nou yo se pa gen anyen men yon pakèt moun sou Ganstè! Yo tout! Mwen konnen tout bagay gen konnen sou moun sa yo.

Yo se bandi, ansasen, ak vòlè. Pa gen anyen ki bon sou okenn nan yo! Nou tout konnen li! Ajan fwontyè yo tout te di m kijan kriminèl yo ap pase san avètisman paske yo tout se move jeni.

Pa gen moun ki reyèlman konnen ki kote yo soti. Li ta ka soti nan nenpòt kote paske yo tout sanble. Ou pa dakò? Mwen konnen ou fè paske ou tout entelijan.

Okenn nan nou pa konnen sa k ap pase paske nou pa gen okenn moun ki pwoteje nou e pa gen konpetans. Nou te gen nan fen sa a epi fè li byen vit.

Èske w te konnen teroris Islamik yo ap bati pwopriyete nan kote tankou peyi Siri? ZANTRAY! Nan peyi Siri! Yo ap pran sou seksyon menmen nan Mwayen Oryan an. Yo te rakle moute yon shitload nan li!

Poutèt sa, yo te vin konpetisyon mwen an. Epi jwenn sa a, tout moun. Kontrèman ak mwen, yo pa bezwen peye enterè paske yo ap vòlè chak pous nan peyi sa a.

Okenn nan yo pa pral rann lòt la responsab paske yo tout ap fè bak lòt la. Yo tout vòlè ak achte tout sa yo kapab.

Ou tout konnen ISIS gen tout lwil la. Oke, petèt se pa tout lwil la paske Iran gen tou sa yo pa genyen. Mwen ka di ou tout bagay sa yo; Mwen te di l 'anvan, ane de sa. Ane de sa, mwen te di – e mwen renmen militè nou yo ak nou bezwen li plis pase sa nou tc fè ven ane de sa.

Mwen te di yo; Mwen te di yo tout. Rete soti nan Irak paske Mwayen Oryan an ap vin tèlman deranje. Iran pral konplètman pran Mwayen Oryan an.

Mwen te di yo evite Irak paske Iran pral konplètman pran sou yo-yo ak yon lòt moun pral tou! Konnen sa epi sonje, Iran ap pran sou Irak ak yo ap fè sa gwo tan.

Èske w te konnen nou te depanse plis pase twa billions dola an Irak? Twa billions dola! Se pa sèlman sa, reflechi sou dè dizèn de milye de lavi pèdi jis nan Irak pou kont li!

Plus, sòlda yo blese nan tout mond lan! Dè santèn de milye de yo. Kisa nou dwe montre pou li? Absoliman anyen! Yo pap menm kite nou ale la e nou pa jwenn anyen!

Yo te anonse GDP nou an semèn sa a, epi li sipoze yon siy ki jan fò nou yo. Men, li mwens pase zewo!

Ki jan nou ka fò si GDP nou an nan nimewo negatif yo? Kouman li ka ye? Li pa janm te mwens pase zewo!

Se pa sèlman sa, to chomaj nou an se pi wo a li te depi fen ane swasant yo! Yo di nou to a ap plane nan senk pousan, men ou pa kwè li! Li aktyèlman apcprè ven pousan. Mete konfyans mwen, se vrel

Nou gen dè milyon de moun ki pa ka jwenn yon travay kounye a. Èske w konnen poukisa? Se paske travay nou yo ale nan Lachin, Meksik, ak Filipin yo. Yo tout gen travay nou yo paske yo peye travayè yo yon anpil mwens pase travayè yo isit la. Sonje ke!

Epi sonje sa, tou. Militè ak zam lènmi nou yo ap vin pi bon ak pi fò, pandan y ap nou yo ap diminye anpil.

Eske ou te tande pale sou ekipman nou yo te tèlman fin vye granmoun pèsonn pa konnen si yo travay oswa ou pa? Epi yo pibliye sa sou televizyon! Ki jan move sa a?

Poukisa yo di lènmi nou yo bagay konsa? Nou gen Larisi kap gade nou epi ri! Nou se yon laughingstock paske nan li.

Ak sa ki te pase ak Garciacaid? Prezidan Garcia te pwomèt nou peyi sa a plan swen sante li ta rezoud dilèm medikal nou an, men li nan koute nou dè milya de dola. Se yon dezas konplè.

Eske ou tout bliye sou sit entènèt la ki koute nou plizyè milya dola yo devlope? Dè milya de dola sou yon sit entènèt ki pa travay!

Mete konfyans mwen, mwen gcn anpil sit entènèt toupatou. Li koute m 'twa dola pou yon sit entènèt milya dola. Mwen ka di ou tout bagay sa yo.

Ou bezwen yon moun ki ka fè bagay sa yo. Pa gen politisyen ki pral, mwen ka garanti ou sa. Yo tout ap pale e pa gen aksyon. Pa gen anyen tou ki pral jwenn fè si ou kite li jiska schmucks yo nan Washington. Yo tout vle mennen nou nan Tè pwomiz la, men yo pa pral.

Yo pa kapab paske yo pa konnen ki jan. Mwen te ale nan tout peyi a bay diskou ak mwen koute lòt Repibliken yo. Yo tout se moun sipè. Mwen vrèman renmen yo anpil epi yo renmen m '. Yo dwe paske yo tout mande m 'sipòte yo.

Ankò, mwen renmen yo, epi mwen koute diskou yo. Pa gen moun ki menm mansyone travay oswa Lachin oswa Mwayen Oryan an. Poukisa? Kisa yo pè? Èske nenpòt nan nou tande ki jan Lachin ap touye nou?

Oke, mwen pral di ou ki jan. Yo ap fè lajan yo tèlman ba, ou pa ta kwè! Kwè mwen; yo ap fè biznis Ameriken konpetisyon sou sèn nan lemonn. Yo ap detwi ekonomi nou an!

Èske gen moun ki tande pale de sa? Ou pa pral soti nan okenn moun, men mwen pral di ou. Mete konfyans mwen, se vre.

Yo pral tout di ou ki jan anpil bagay kokenn pral rive, men tout moun ki reyèlman vle se yon travay. Yo pa vle okenn nan istwa san sans sa yo ap spewing. Tout sa yo vle se travay; okenn nan sa yo doub-pale ak fo pwomès.

Sonje byen, Garciacaid kòmanse nan 2016 epi li pral detwi nou. Doktè yo pa rete soude paske nan li. Nou dwe debarase m de li epi mete konfyans mwen, li ka debarase m de epi nou ka ranplase li ak yon bagay pi bon.

Mwen te fè fas ak politisyen ki soti nan osi lwen ke mwen ka sonje. Lè mwen di ou ka fè yon kontra avèk nenpòt nan yo, mwen vle di li. Si ou pa kapab, gen yon bagay ki pa bon avèk ou.

Ou definitivman pa trè bon nan fè fas ak yo. Se yo ki reprezante nou! Yo pap janm mete nou sou tèt! Yo pa kapab.

Se lobiist yo ki reyèlman dirije peyi a. Se lobiis yo, donatè yo, ak gwoup enterè espesyal yo. Kwè mwen; yo totalman kontwole politisyen yo.

Mwen pral onèt avèk ou. Mwen gen lobiist, tou. Lobiist mwen yo ka fè tou sa pou mwen epi yo pa nan lòt fason alantou. Mwen ka di ou, yo ap kokenn.

Men nou tout konnen anyen pap rive paske yo pap sispann fè bagay pou pèp yo. Paske yo pap kanpe, yap detwi peyi nou. Peyi nou an ap detwi e nou dwe fini li kounye a!

Mwen pral di ou sa peyi nou an bezwen. Etazini bezwen yon lidè ki te ekri, 'Deal Maker la.' Nou bezwen yon lidè ki se gwo nan dirijan ak gwo nan genyen.

Peyi a bezwen yon prezidan ki ka aktyèlman pote tounen travay nou yo, faktori nou yo, ak fòs lame nou yo. Nou dwe pran swen veterinè nou yo. Tout moun bliye veterinè nou yo epi yo te kite yo débouyé pou tèt yo.

Èske w konnen ki lòt bagay nou bezwen? Yon moun ki pral sipòte nou ak aplodi nou sou viktwa. Lè yo te eli prezidan Garcia, mwen te vrèman panse ke li ta fè byen. Mwen te panse li ta fè byen kòm cheerer nan gwo pou US la.

Li te gen yon gwo lespri sou li. Li te gen jèn ak vitalite. Mwen vrèman kwè ke li ta dwe nonm sa a ankouraje nou tout sou yo ak fè nou gwo.

Men, mwen te fè erè. Garcia se pa yon lidè. Li pa janm te. Mete konfyans mwen, mwen konnen verite a.

Verite a se, li se opoze a konplè. Li gen yon Ambians negatif sou li. Ki sa nou bezwen se yon moun ki rale US la moute pa bootstraps li yo ak fè li peyi a pi byen, jis tankou li yon fwa te.

Li pa te pi bon an nan anpil, anpil ane. Epi mete konfyans mwen, nou ka fè li.

Kite m 'di ou yon bagay. Mwen gen yon lavi fantastik ak fanmi mwen se pi bon an. Èske w konnen sa yo di m '? Yo di m 'mwen pral fè yon bagay ki pi di a mwen te janm fè.

Èske ou reyalize ke yo te di mwen anpil fwa si ou menm adistans yon moun ki gen siksè, ou pa ka kouri pou biwo piblik? Men, yo nan lòd yo fè peyi nou an pi bon an tankou li te yon fwa, ou dwe gen atitid la dwa ak eta nan tèt ou fè li rive.

Se konsa, zanmi m 'yo, mwen isit la anonse mwen fòmèlman voye chapo mwen an nan bag la kandida pou Prezidan nan Etazini yo. Epi ou konnen ki lòt bagay? Nou pral fè Amerik pi bon an ankò ansanm.

Li ka rive, mwen pwomèt ou. Ou senpleman dwe mete konfyans mwen. Peyi nou an plen ak moun potansyèl ak fantastik. Kòm nou tout konnen, nou gen moun ki pa ap travay ki pa gen okenn motivasyon yo fè sa.

Men, lè mwen se prezidan, yo pral gen yon ankourajman pou yo retounen nan travay. Yo pral reyalize ke yon travay se pi bon pwogram sosyal la tout tan. Yo pral santi yo fyè nan travay nan yon travay yo pral renmen pou tout rès lavi yo.

Mwen pral rekonèt kòm pi bon prezidan peyi sa a te janm genyen, mwen ka garanti ou sa! Ou konnen ki jan mwen se konsa konfyans? Paske mwen pral pote travay nou yo tounen soti nan lòt bò dlo, ki soti nan peyi tankou Lachin, peyi Zend, ak Taiwan.

Se pa sèlman mwen pral pote travay nou lakay, men lajan nou tou! Èske w okouran de konbyen lajan nou dwe nan diferan peyi?

Li nan nan billions yo. Japon, Lachin, Larisi – yo tout pran lajan nou, ban nou prè ak lajan sa a, epi nou peye gwo enterè sou prè sa yo. Lè dola a ap monte, yo kontan paske yo konnen yo pral jwenn plis nan men nou.

Se konsa, kite m 'mande ou. Ki vye bagay nou genyen k ap dirije peyi nou an epi kite nou pran konsa? Mwen vle di, seryezman? Èske yo reyèlman ki estipid?

Yo pa negosyatè. Pa menm fèmen! Èske w konnen ki negosyatè mèt la ye? Se vre. Mwen se!

Nou bezwen moun. Mwen tout pou komès lib, men nou bezwen pi talan ak pi entelijan pou negosye pou nou. Si nou pa genyen yo, nou pa gen anyen.

Nou bezwen moun ki konnen biznis; pa kèk politisyen tou senpleman paske li te bay yon kòz. Komès lib kapab yon bagay sipè si ou itilize moun entelijan pou okipe li.

Nou pa gen moun entelijan. Yo ap tout chenn nan gwoup enterè espesyal. Pa gen anyen ki pral mache si nou kontinye swiv enterè espesyal yo ak lobiist yo.

Se konsa, yon bagay koup ki te pase nan kèk mwa ki sot pase yo. Lachin vini ak pil fatra tout bagay yo, dwa? Natirèlman, mwen achte li paske mwen gen sa a bezwen boule yo fè sa. Paske yo devalorize

Yen la anpil, e pa gen moun ki kwè yo ta fè l 'ankò.

Men, pwoblèm sa yo nou ap fè fas ak atravè mond lan distrè nou. Paske nou pa t 'peye atansyon, Lachin te ale lwen ak fè l' ankò! Ki jan nou ka ranpli lè peyi yo ap kopye ak mine nou nan tout opòtinite!

Koulye a, pa jwenn mwen mal. Mwen renmen Lachin. Mwen te vann apatman ak lwe espas biwo bay moun ki soti nan Lachin. Kouman mwen pa ka renmen yo? Mwen posede yon moso menmen nan HSBC stock ak ki stock vo tòn!

Moun yo souvan mande m 'poukisa mwen rayi Lachin. Mwen pa rayi Lachin. Mwen renmen Lachin. Sèl pwoblèm mwen genyen ak Lachin se moun kap dirije peyi Lachin ki pi entelijan pase moun kap dirije pwòp peyi nou an.

Ki jan nou ka genyen konsa? Lachin ap manipile nou pou fè sal travay yo pou yo. Poutèt nou, Lachin yo te rebati, menm jan ak anpil lòt peyi atravè mond lan.

Ale nan Lachin ak wè pou tèt ou. Yo te gen lekòl, wout, ak bilding tankou ou pa janm te wè anvan. Nou gen tout moso yo nan jwèt la, men nou pa konnen règleman yo nan jwèt sa a.

Lachin konprann règ la e kounye a, yo ap bati militè yo. Anpil, li pè.

Pandan ke ISIS se yon menas, mwen dakò; men Lachin reprezante yon pi gwo menas pou nou. Èske w konnen ki sa mwen panse se pi gwo menas ak komès? Pa Lachin. Kwè li ou pa, li nan Meksik. Kwè mwen!

Olye pou yo bati faktori isit Ozetazini, konpayi machin menmen yo ale nan sid fwontyè a paske travay la pi bon mache. Se konsa, si ou sonje, mwen te anonse kandidati mwen pou prezidan. Mwen konnen tout pi bon negosyatè yo.

Gen kèk ki se konsa pi lwen pase surfèt, menm si yo panse ke yo pa. Men, mete konfyans mwen; Mwen sèlman konnen pi bon an epi mwen pral mete yo nan peyi yo kote yo bezwen pi plis la.

Men, ou konnen ki sa? Li pa merite pase tan valab mwen ap fè. Se konsa, olye mwen pral jis rele moute tèt yo nan tout konpayi sa yo paske, mete konfyans mwen, yo tout konnen m 'ak vis vèrsa.

Si mwen eli kòm prezidan, mwen ta di yo; 'Mwen tande felisitasyon yo nan lòd. Mwen te di w ap planifye yo bati yon faktori milti-milyon dola nan Meksik ak Lè sa a, vann pwodwi ou tounen nan peyi Etazini an ki pa gen okenn taks. Jis voye yo tounen sou fwontyè a san pèsonn pa remake. '

Koulye a, mwen konnen sa w ap tout panse. 'Ki sa nou jwenn soti nan sa a? Kòman sa bon? ' Kwè mwen; li pa.

Èske w konnen ki sa mwen ta di yo? Mwen ta di, fantastik! Se bon nouvèl la. Men, kite m 'di ou nouvèl la dezagreyab.

Chak atik ou voye tounen nan peyi Etazini an, mwen frape yon taks trant senk pousan sou li epi ou pral peye pou li moman sa a li travèse fwontyè a. Koulye a, koute m '. Mwen pral di ou sa ki pral rive.

Si se pa mwen nan pozisyon an, se va youn nan sa yo rele politisyen sa yo mwen ap kouri kont. Yo pa tankou estipid jan moun panse yo ye paske yo konnen li pa tankou yon bagay sipè. Sa ap pwobableman fache yo.

Men, lè sa a, ou konnen ki sa ki pral rive? Yo pral jwenn yon apèl nan youn nan konpayi sa yo menmen oswa youn nan lobiist yo. Moun sa a ap di yo ou pa ka fè sa konsa e konsa paske yo pran swen mwen.

Mwen gade pou ou pou ou pa ka fè sa pou nou. Epi ou konnen ki lòt bagay? Yo pral bati nan Meksik ak vòlè dè milye de travay.

Sa pa bon pou nou. Trè, trè move. Men, èske w konnen kisa ki pral rive ak Prezidan Wagner an chaj? Kite m 'di ou.

Chèf konpayi sa yo pral rele m 'apre mwen fin ba yo nouvèl sou taks enpoze a. Yo pral jwe li fre, ou konnen; epi rete tann yon jou oswa konsa.

Ou konnen ki sa? Yo pral mande m 'rekonsidere, men mwen pral di yo,' Padon, ti gason. Pa gen zo. '

Yo pral rele tout moun yo konnen nan politik, epi mwen pral di menm bagay la. Twò move, mesye. Pa gen zo.

Èske w konnen poukisa? Paske mwen pa bezwen lajan kach yo. Mwen pral sèvi ak pwòp lajan mwen nan kouri. Mwen pa bezwen lobiis yo oswa donatè paske mwen gen pwòp lajan mwen. Tòn li; Kwè mwen!

By wout la, mwen pa di ke politisyen yo pa gen ki kalite attitude. Men, se egzakteman panse nou bezwen pou peyi nou an.

Poukisa? Paske li lè pou rann peyi nou rich pi lwen pase kwayans. Li son vilgè? Mwen tande yon moun di li vilgè. Kwè mwen; li pa!

Nou se ven billions dola nan dèt e nou pa gen anyen men pwoblèm. Militè nou yo dezespere pou ekipman toupatou. Nou te gen zam ki demode, espesyalman sa yo nikleyè.

M ap di ou verite a, mete konfyans mwen. Nou pa gen absoliman anyen. Sekirite Sosyal nou an ap kraze si yon moun tankou mwen pa ka pote plis lajan kach nan kès nou yo.

Tout lòt moun vle demoli li; men se pa mwen. Mwen pral sove li paske mwen pral pote nan plis lajan pase nenpòt nan ou ka menm imajine.

Èske w te konnen Arabi Saoudit fè yon milya dola chak jou? Èske ou ka imajine fè yon milya dola yon jou?

Koulye a, pa jwenn mwen mal; Mwen renmen Saudis yo. Anpil te lwe espas nan bilding sa a anpil.

Yo fè dè milya chak jou, men kiyès yo rele lè yo gen pwoblèm? Dwa; yo rele nou, epi nou voye sou bato nou yo sove yo soti nan pwoblèm.

Nou di yo nap pwoteje yo paske yo gen lajan. Poukisa nap fe sa? Yo ta peye yon fòtin si yo mande yo. Si li pa t 'pou nou, yo ta dwe okenn kote. Kwè mwen!

Petèt li lè nou voye yo ansyen ekipman nou yo, sa yo nou pa itilize ankò. Èske mwen korèk? Voye yo tenten nou paske nou fini pèdi mak nouvo-bagay fese nou yo.

San nou, Arabi Saoudit pa ta egziste ankò. Yo ta dwe efase epi sonje, se mwen menm ki te di tout moun sou Irak ak sa ki ta rive.

Tout moun sa yo politisyen yo ap eseye distans tèt yo soti nan sijè a nan Irak. Gade Camp ak Mariano.

Okenn nan yo pa t 'kapab ban nou repons sou sa k ap pase la.

Èske se lidè sa yo ou vle dirije peyi nou an? Natirèlman, ou pa fè sa. Ou tout konnen yo ap febli US la. Nou pa pral vin peyi a bèl pouvwa ankò ak moun sòt sa yo an chaj.

Gen anpil lajan yo deyò pou nou jwenn men nou sou epi pote tounen nan peyi nou an. Nou bezwen lajan paske nou ap mouri san li.

Mwen te fè yon repòtè di m 'lòt jou a; Mwen pa yon moun ki afab. Se vre, men mwen se yon moun simpatik. Mwen panse mwen se yon moun simpatik. Moun ki konnen m 'sanble renmen m'.

E fanmi mwen? Mwen trè si ke yo tout renmen m 'ak mwen di ou, mwen fyè de tout nan yo.

Kouman sou pitit fi mwen an, Katerina? Li te fè yon kokenn travay entwodwi m ', ou pa panse?

Men, repòtè sa a di m ', mwen pa yon moun simpatik, Se konsa, poukisa moun ta vote pou mwen? Se konsa, mwen te di l ', paske reyèlman, mwen se yon moun ki afab. Tout moun konnen mwen bay tan mwen ak lajan nan òganizasyon charitab paske mwen panse mwen aktyèlman yon moun ki afab.

Lè sa a, mwen te di l 'eleksyon sa a pral diferan. Ameriken yo pral vote sou ki jan konpetan yon kandida se epi yo pa sou likeability yo. Yo ap fristre sou lòt peyi dechire nou an. Yo ap fatige ak depans dè milyon sou edikasyon, ak sistèm nou an, se tankou trantyèm nan mond lan.

Èske ou ka kwè gen ventnèf lòt peyi k ap fè pi bon pase nou ak edikasyon? Gen kèk ki se peyi twazyèm mond lan epi nou sou wout yo vin youn nan yo. "

Mwen te kapab kontinye ak diskou Wagner a, men li te kenbe divagasyon sou li ak repete tèt li. Dènye bagay mwen vle te fè lektè mwen yo ak istwa san sans l 'yo.

Kouman yon moun ka di anpil e pa gen anyen pou l di? Lè mwen te pale ak kèk nan kòlèg mwen yo, yo tout te gen menm santiman an.

Nou tout te kwè pa ta gen okenn fason li ta dwe prezidan. Istwa pwouve nou mal ak moun nan nou nan plòg nouvèl lejitim ta rue jou a li te fè.

Istwa Rasis

Koulye a, sa ki te kèk èk nan yon diskou anons! Mwen pa konnen sou nenpòt lòt moun, men mwen tande yon anpil nan abitid rasis nan tout li. Wagner te gen yon pwoblèm ak moun ki pa Blan ak li kareman di menm jan ak rele tout Meksiken kòm kriminèl ak tout Mizilman kòm teroris.

Pandan ke kategori sa a nan Meksiken ak Mizilman te move ase, li pa janm reyèlman mansyone anyen kont kominote yo nwa oswa Azyatik. Li te pran yon jab ak Lachin ak Japon kòm byen ke peyi Zend ak Filipin yo. Li te blame yo paske yo te pran travay lwen travayè Ameriken yo.

Li bliye mansyone anpil nan li, si se pa tout, nan liy rad Wagner te soti nan faktori nan Filipin yo ak Lachin. Yon fwa ankò, travay lòt bò dlo te yon fraksyon nan pri a konpare ak si yo te fè rad yo nan Etazini yo. Avèk tankou yon maj pwofi lajè paske nan pri pwodiksyon an pi ba, Wagner te gen yo te fè dè milyon sou do yo nan travayè ki poko peye.

Èske nenpòt lòt moun wè yon modèl isit la? Natirèlman, diskou a te sèlman nan konmansman an nan remak yo rasis. Chak rasanbleman li te kenbe, li amped moute diskou l 'yo. Li te deklare ke opozan Repibliken li yo te gen enterè nan Meksik, e sa te fè yo mwens favorab pou Ameriken jwenn travay.

"Yo pa bay yon kaka sou okenn nan ou! Kwè mwen! Yo tout ap fè lajan nan biznis nan Meksik ak peyi Zend. Yo konnen moun ki pral travay pou peni konpare ak Ameriken yo. Poutèt sa, bon jan kalite a nan pwodwi vini nan souse. Èske w konnen poukisa?

Paske travayè yo pa pran swen! Yo pa bay yon kaka osi lontan ke yo ap fè kota yo epi yo ap resevwa chèk salè yo. Se pa sèlman sa, yo tout ap ri nan nou paske yo tout ap travay, epi nou pa!

To chomaj nou an se ant swasant ak swasanndis pousan! Èske nou tout te konnen sa? Li fou! Nou dwe fè moun nou yo retounen travay; pa fout Meksiken sa yo fofile sou fwontyè a. Se konsa, se pa sèlman yo ap pran travay nou nan sid fwontyè a, men vòlè travay yo isit la nan lakou pwòp pa nou!

Yo ap tout kriminèl konplo ak yo ap fè nou yon laughingstock. Yo konnen yo ap kopye nou paske yo ap fè travay nou olye pou yo nou ak fè li pou mwens lajan. Se pa sèlman sa, yo ap pote nan kriminèl yo soti nan rès la nan Amerik Santral.

Nou pa ka fè okenn nan yo konfyans. Pa gen moun ki soti nan gen okenn bon. Si yo pa vòlè nan men nou, yo ap touye nou oswa vyole nou. Yo kontribye anyen pozitif nan peyi nou an; pa menm taks paske yo ap peye anba tab la.

Men, rezon ki fè yo peye anba tab la se paske yo tout nan peyi nou an ilegalman. Okenn nan yo te vini isit la chemen dwat la. Yo tout snuck sou fwontyè a olye nan travèse yo apwopriye.

Se konsa, mwen gen yon lide. Èske nou tout pare pou sa? Nou pral bati yon fil elektrik kloti sou fwontyè nou an kenbe yo tout soti. Lè sa a, nou pral awondi tout lòt ilegal yo epi voye yo tout tounen kote yo te soti.

Epi ou konnen ki moun nou pral jwenn pou peye pou li? Se vre. Meksik! Meksik voye yo isit la sou dis santim yo, Se konsa, poukisa yo pa voye bòdwo yo pran yo tounen? Yo pa gen anyen men yon pakèt bèt kanmèm, vre? Èske mwen korèk?"

Foul moun yo te aplodi chak fwa Wagner te fè diskriminasyon kont latino yo. Eksplozyon raucous yo sèlman alimenté Wagner yo vin ekzòbitan ak reklamasyon fos l 'yo.

Sou yon sèl entèvyou televizyon, li te deklare yon fwa li te vin prezidan, li ta entèdi tout Mizilman yo antre nan Etazini yo. Li te tou double sou bati yon baryè nan fwontyè sid la. Malgre repòtè yo te montre remak ak atitid rasis li, Wagner te refize chanje li.

Batis konstan li nan Latinos kontribye nan de nan sipòtè li nan zòn nan Miami bat yon nonm Latino ak baton asye. Apre yo te fin bat li prèske mouri, yo te voye matyè fekal sou li pandan yo t ap ri l. Lè ofisye arestasyon an te mande yo poukisa yo te fè li; yo pa te gen okenn wont nan admèt

Wagner enfliyanse yo e yo te vle fè l 'fyè.

"Tout ilegal sa yo bezwen tounen kote yo soti, menm jan Wagner te di," youn nan yo konfese. Mwens pase yon ane pita, Wagner meprize Abdullah ak Sahra Mohammad pou diskou yo te fè nan Konvansyon Nasyonal DNC.

Yon bonm IED te touye pitit gason Mohammads yo nan Afganistan pandan y ap sèvi nan Lame Ameriken an. Lè Abdullah ofri prè Wagner kopi li nan Konstitisyon an pou l 'li, Wagner te pran ofans epi li deklare Mohammads yo pa te gen okenn dwa kritike l'.

Vrèman? Sa a di m 'Wagner se super-sansib a kondanasyon, espesyalman nan men moun mawon ak nwa-po ak menm plis si yo se imigran yo.

Obsession a ak imigran ki pa blan te sou tèt la. Pou kèlkeswa rezon an, Wagner meprize nenpòt moun ki pa t 'Blan.

Li pi renmen ale-a lè li rive degradasyon imigran yo? Gang MS-13 la, nan kou. Li te blame pwoteksyon dirab Garcia a nan rèv pou yo te yon gwo kontribitè nan MS-13 inondasyon Etazini yo.

Rèv yo se jenn imigran yo te pote nan peyi a ilegalman lè yo te timoun. Kontrèman ak gang kriminèl la Wagner refere a, rèv respekte règ lalwa.

Wagner te sanble yo te bliye MS-13 soti nan Los Angeles tounen nan ane 1970 yo. Pandan ke se vre, konsantre yo depi nan konmansman an te pwoteje imigran soti nan El Salvador soti nan lòt gang; pandan ane yo, gang lan tranzisyon nan yon etablisman plis tradisyonèl yo.

Mwens pase yon ane avan eleksyon jeneral la, Wagner te anonse li vle bloke tout Mizilman yo pou yo antre Ozetazini. Li menm te vle refize Mizilman-Ameriken yo pou yo pa antre nan peyi a.

Li reklame apre 9/11; li te wè dè santèn de milye de Mizilman selebre lari yo nan New York. Malgre reklamasyon sa a ke yo te debunked, Wagner ensiste ke li temwen li epi yo pa ta fè bak soti nan reklamasyon sa a.

Nan yon pwosè sivil ki te pwan kont Wagner, li te deklare ke jij la nan ka a pa t 'kapab rann yon vèdik jis paske Jij Velasquez te fèt nan Meksik. Dapre Wagner, nenpòt jij oswa avoka ki gen san Meksiken te partial kont li paske li te planifye sou bati yon baryè inpénétrabl sou fwontyè a.

Sis mwa apre yo fin prete sèman l 'nan biwo a, li te fè yon deklarasyon detèmine sou 2000 imigran ayisyen yo dènyèman admèt nan peyi Etazini an tout te gen VIH-viris la oswa SIDA konplè. Okenn nan yo pa te gen maladi a, men Wagner refize retrè deklarasyon l 'yo.

Li Lè sa a, reklame 30,000 Nijeryen yo vizite pa ta janm retounen nan joupa yo yon fwa yo te wè sa Amerik ofri. Mwa pita, 10 fevriye, Wagner te mande mwens imigrasyon nan men Ayiti ak Lafrik.

Li ensiste sou plis imigran ki soti nan Sweden ak Nòvèj. Eske se mwen sèlman oswa èske li vle sèlman moun blan k ap antre Ozetazini?

Anvan eleksyon yo nan mitan tèm nan 2018, Wagner souvan te fè imigran po nwa parèt tankou menasan ak pwofàn. An reyalite, anplwaye kanpay li te kreye yon anons televizyon konsa ofansif ak rasis menm XRAE News refize mete l 'sou lè.

Anons la dekri yon karavàn imigran ki fè wout yo soti nan Amerik Santral nan Meksik anvayi Etazini yo ak fè mal sou sitwayen li yo. Ajoute nan reklamasyon sa a, Wagner souvan deklare kriminèl ki ba-lavi ak eleman enkoni soti nan

Mwayen Oryan an te fè moute karavàn lan.

Mwen pa t 'panse ke li te kapab koule nenpòt ki pi ba, men Prezidan an 45th kontinye choke m'. Li te refere yo bay imigran san papye kòm bèt ki gen maladi laraj ki pote maladi enkoni nan peyi a. Okenn nan reklamasyon li yo pa te gen prèv pou fè bak yo.

Menm predesesè li a pa te iminitè kont eksplozyon terib Wagner la. Malgre Garcia a gradye nan tèt klas li ak yon mwayèn 4.0 Grade Point, Wagner souvan rele ansyen prezidan an yon elèv terib ak parese. Wagner ensiste ke Garcia te pase plis tan ap jwe gòlf pase sa li te fè nan peyi a. Wagner te pase plis tan sou kou gòlf la nan premye ane manda li a pase Garcia te fè nan tout manda uit ane l 'yo.

Pandan yon deba ak Marlene Carson nan 2016, Wagner deklare lavil enteryè yo te zòn lagè ak Nwa yo ak Latinos yo te rete nan lanfè paske kondisyon yo te tèlman danjere. Yo pa t 'kapab mache deyò kay yo san yo pa resevwa piki. Pou votè Afriken Ameriken yo, li te di, yo tout te viv nan povrete, yo te echwe lekòl yo, epi yo te tout san kay paske yo pa te gen okenn travay.

Pou krim nan zòn iben, li te renmen sèvi ak fo estatistik pou egzajere li. Li te renmen tou lonje dwèt sou krim komèt pa moun mawon ak nwa, souvan anbeli oswa plat-soti kouche sou yo. Nan contrast, li pran tan li denonse krim sa yo menm moun blan yo komèt, si tout tan.

Li pa te gen okenn repwòch nan kritike wo-pwofil Afriken Ameriken, rele yo antipatriyotik, engra, ak derespektan. Li toujou ap rele rasis kominote Afriken Ameriken yo ak sèvo zwazo yo.

Lè kat kongrè demokratik yo te kritike prezidan an, li te fwape, li te di yo pou yo tounen nan kote yo te kraze, ki te konn fè krim. Tout kat fanm yo te sitwayen Ameriken, twa nan yo ki te fèt nan Etazini yo. Wagner fasilman neglije reyalite sa.

Èske li deranje nenpòt lòt moun ki jan zanmitay prezidan nou an parèt ak rasis ak sipremasi blan? Li pa te gen okenn pwoblèm retweeting nenpòt nan yo e li te refize eskize pou li.

Avèk moun ki mache ak sipremasi blan, li te fè lwanj yo kòm moun ki trè byen. Li pa t 'vle rejte manm KKK yo ki andose l' menm apre yo te dirèkteman kesyone sou li nan televizyon.

Li te anboche Rob Thomas kòm tèt kanpay li, ki moun ki pita te vin

Chèf Mezon Blanch stratejik la. Thomas, yon nasyonalis blan li te ye, te fè li yon tèm santral sou sit entènèt nouvèl slanted li, fason li reyèlman ye a. 'Krim Nwa' se te yon seksyon chin an tap sou sit entènèt la.

Wagner ak Thomas pa sèlman fè lwanj, men mete sipò yo dèyè politisyen ki te fè flagran kòmantè rasis, defann Konfederasyon an, oswa ouvètman mele ak gwoup sipremasis blan. Avèk sijè rasis la, Martin Wagner pa kite okenn demografik pou kont li.

Li sijere Ameriken natif natal nan nò-bò solèy leve a te fo zansèt yo pou yo eseye louvri moute rezèvasyon yo. Nan ane 1990 yo, li mete deyò anons akize nasyon Mohawk la te gen yon dosye kriminèl ki te byen dokimante. Pandan peryòd sa' a menm, li te konbat konpetisyon pou inisyativ kazino l 'yo.

Martin tou angaje nan simagri anti-semit, ki gen ladan yon sèl tweet ki montre yon etwal sis-pwenti ansanm ak ti mòn lajan kach. Kòlèg mwen yo ak mwen te konnen Wagner tolere sipòtè li yo ak atak sou jounalis ak antisemit ensult kont repòtè yo.

Li repete teyori konplo neo-Nazi sou reyinyon Marlene Carson a ak enstitisyon finansye etranje yo, plan kont gouvènman Etazini an yo nan lòd yo liy pwòp pòch li, pouvwa mondyal, ak donatè li yo.

Pou manm kabinè li yo ak lòt pozisyon wo grade, Wagner mete devan oswa nonmen moun ki gen yon istwa li te ye nan diskou rasis ak pwopagann. Malgre esklamasyon konstan l 'yo, li se moun ki pi piti rasis nenpòt moun ki te janm rankontre. Istwa ta di nou otreman.

Atitid rasis li te kòmanse nan kòmansman lane 1970 yo. An 1973, Depatman Jistis Ameriken an te rele lajistis sou Wagner imobilye konglomera pou vyolasyon yo nan Lwa sou Lojman san Patipri.

Otorite federal yo te vin jwenn tout prèv Wagner te refize lokatè nwa nan bilding li yo kòm byen ke bay manti aplikan nwa sou disponiblite nan apatman.

Li te akize gouvènman federal la nan fòse l 'lwe bay moun ki sou byennèt sosyal. Dezan pita, li te siyen yon akò pou li pa fè diskriminasyon ak moun ki gen koulè san li pa janm admèt prejije anvan yo

Nan ane 1980 yo, yon ansyen anplwaye nan kazino Peak Wagner te akize yon lòt youn nan biznis li yo nan diskriminasyon. Anplwaye a te satisfè chak fwa Wagner ak premye madanm li, Eva, te vini nan kazino a.

Yo dirije moun ki pa Blan yo atè a. Nan yon diskou kòmansman nan Stony Brook University, Wagner kapitalize sou tan li ak akize peyi yo nan vòlè Etazini an nan diyite ekonomik.

Yon ane pita, senk jèn ke yo rekonèt kòm Central Park Five la te gen Wagner nan yon tizzy. Li te pran yon anons paj konplè nan jounal, mande eta a pote tounen pèn lanmò an. Malgre kondanasyon jèn yo te ranvèse, Wagner ensiste pou l kwè yo koupab malgre prèv ADN ki pwouve otreman.

An 1992, Parkland Hotel ak kazino Wagner te oblije peye yon amann nan kantite lajan $ 250, 000 paske li te deplase dilè nan koulè sou tab jis founi prejije yo nan yon joueuz gwo tan.

Nan 2010, pwopozisyon pou konstwi yon sant kominotè Mizilman nan Lower Manhattan te kreye yon konfli nasyonal lè li te anonse kote yo pwopoze a te tou pre sit atak 9/11 yo. Wagner te opoze pwojè a, li te rele li yon travesti jistis.

Li menm ofri yo peye envestisè yo rale soti nan pwojè an. Kòm ankò, etablisman an pa te kòmanse.

Mwen ka konprann poukisa yo poko konstwi li. Gen toujou yon anpil nan santiman dezagreyab sou atak yo teworis ak resantiman nan direksyon pou Mizilman yo. Men, majorite nan Mizilman yo se lapè ak kalite. Pi bon zanmi mwen ak kolèg mwen, Ahmad Abdul, te pi bon moun mwen e se parenn pi gran pitit fi mwen an, Matilda.

Lè 9/11 rive, se te premye fwa mwen te wè Ahmad kriye. Li te wont pa lefèt ke Islamik radikal touye inosan èt imen ak te planifye li mwa davans. Mwen panse ke nan jou sa a, li toujou anmède l ', li gen yon doulè nan kilpabilite yon kote kache anba fasad fasil li.

Pa gen anyen mwen te di l 'ki ta mete lide l' an repo. Li te twò fyè e mwen te admire tenasite li pou kenbe sou yon figi brav pou mwa apre atak yo.

Reklamasyon fo ak twonpe

Pitit fi mwen yo te woule je yo chak fwa Wagner oswa youn nan pòtpawòl li te parèt sou televizyon. Te chay la nan krap soti nan bouch yo finalman vinn sou nè dènye yo.

"Ki jan yon moun ka koute yo?" pitit fi mwen an, Matilda, deklare. "Yo kontredi tèt yo tout tan. Menm nan menm souf la. Mwen pa jwenn li. "

Yo dwe onèt, mwen pa t 'jwenn li swa. Menm lè mwen te mande pou klarifikasyon, mwen ta jwenn yon kantite lajan ase enpòtan nan doub-pale. Mwen sispèk yo pa te gen okenn siy sou sa yo te pale de ak jis te di tou sa kònen klewon bon nan tèt yo.

Pandan tout prezidans li, Wagner te fè dè milye de deklarasyon ki te tounen twonpe oswa, pafwa, jis plenn fo. Wi, mwen te di li. Dè milye!

Ki jan li ta ka pètèt kenbe tras nan tout manti l 'yo? Reponn: li pa t 'kapab. Kontradiksyon yo konstan yo te prèske osi difisil yo swiv tankou manti yo tèt yo.

Mwen te dekri kantite lajan sa a masiv nan manti kòm san parèy nan mond lan nan politik US. Kòm anpil jan Nixon bay manti pandan eskandal la Watergate, koleksyon Wagner nan fabwikasyon depase sa nan sis premye mwa yo nan biwo.

Wagner souvan te fè deklarasyon kontwovèsyal sèlman vire ak refize di yo. Washington Egzaminatè a rapòte repetisyon souvan li nan manti montan nan yon kanpay ki baze sou move enfòmasyon ak manti.

Men, manti Wagner yo te kòmanse ane anvan yo antre nan batay politik la. Li te atire atansyon a nan New York Press la ak fason an kwiv ak kontwovèsyal l 'yo.

Yon finansye deklare, "Li fè gwo kontra sa yo, dramatik, men okenn nan yo pa janm antre nan fruits. Imaj piblik li te fini kòm benefisyè an chèf kreyativite li. "

Menm youn nan achitèk li yo te fè nòt sou tandans Wagner nan anbeli pou sèl bi pou fè yon vant. Li te tèlman tro agresif; li te prèske nan pwen an nan overselling.

Nan 2019, repòtè Timothy Cohen lage anrejistreman li te genyen nan posesyon li kote Wagner te fè fo deklarasyon sou richès li.

Nan anrejistreman yo, Wagner poze kòm pwòp pòtpawòl li, Brian Duke, e li te fè reklamasyon yo an sekirite yon pi wo plase sou Forbes 400 lis la nan Ameriken yo pi rich.

Kòm Brian Duke, li te deklare ke li posede katrevendis pousan nan anpi fanmi li.

Apre aksidan an mache dechanj an 1987, Wagner te anonse li te debarase m de HOLDINGS l 'yon mwa anvan ak Se poutèt sa pèdi anyen. Depoze SEC pwouve otreman.

Li te montre li toujou posede yon kantite lajan anpil nan aksyon nan kèk konpayi yo. Yo estime li pèdi prèske dizwit milyon dola sou HOLDINGS resort li pou kont li.

An 1990, li te di laprès li te gen anpil ti dèt, men jounal Reuters te rapòte yon balans eksepsyonèl nan senk milya dola ki dwe prèske katreven bank nan kòmansman ane a.

Dis ane apre reklamasyon sa a, yo te bay Jakòb Birnbaum travay la nan rekipere kèk nan san milyon dola karèm Wagner pa bank la li te travay pou, Tova Bank nan pèp Izrayèl la. Jakòb te di repòtè yo ki jan metriz Wagner nan 'etik sitiyasyon' sezi l '.

Li te di otelye a pa t 'kapab atrab diferans ki genyen ant reyalite ak fiksyon. Yon ansyen egzekitif nan Wagner Imobilye konglomera a deklare bòs nan travay li ta di anpil manti bay anplwaye a souvan, pesonn pa kwè anyen ki soti nan bouch li.

Wagner menm perpétuer manti a sou eritaj li. Papa l ', Oskar Wagner, te deklare ke gen san Nòvejyen apre Dezyèm Gè Mondyal la. Li te fè sa nan krentif pou anti-Alman santiman ak ki jan li ta afekte biznis li negatif.

Martin repete manti a, pandan l ajoute granpapa l ', Luka Wagner, te rive nan New York City tankou yon ti gason soti nan Nòvèj. Nan liv li a, Great Deal Maker a, li te deklare papa l 'te Alman e li te fèt nan yon ti vil andeyò Minik.

Li Lè sa a, kontredi tèt li pita nan liv la, ki deklare Oskar te fèt nan New Jersey. Pandan ke zansèt Alman yo kòrèk, Oskar Wagner te fèt nan Brooklyn, New York.

Pandan kanpay prezidansyèl la, li te ankouraje anpil teyori konplo ki pa te gen okenn prèv pou sipòte yo. Byen bonè nan 2016, Wagner enplisit papa Senatè Bill Lawrence te gen yon patisipasyon aktif nan asasina tou de John F. Kennedy ak Robert Kennedy. Li te tou reklame Marlene Carson te genyen vòt la popilè paske nan vòt soti nan dè milyon de imigran ilegal.

Pandan ke sou santye kanpay la nan 2015, Wagner reklame

pousantaj chomaj senk pousan an pa reyèl oswa menm pre aktyalite. Li te deklare li te wè nimewo ki soti nan 20 pousan a 45 pousan.

Li te bay fo chif sa yo pou l te renmen tèt li pou l ranfòse lyen nan mitan yon gwoup patikilye ki te ankouraje menm fo chif yo tou. Pandan ke malonètete l 'yo pa t' koute l 'sipò nan baz li, li fache ak konfonn tout lòt moun.

Sou tèt kreye nimewo sou tèt la nan tèt li, Wagner souvan bliye moun oswa òganizasyon ki benefisye l '. Sa a, malgre pwofese l 'yo gen pi bon memwa nan okenn moun nan mond lan. Li te gen atak konstan nan amnésie, menm konsènan deklarasyon pwòp tèt li.

Youn nan egzanp 'pèt memwa' l 'te fè ak KKK la ak fondatè li yo, David Duke. Wagner deklare li pa t 'konnen Duke, malgre kòmantè anvan yo kontrè an.

Aprè Wagner te vin prezidan, tandans kontinyèl li pou fo deklarasyon te kreye yon gwoup reyalite-dam.
Organizationsganizasyon nouvèl defye fo reklamasyon li yo ak deformation nan reyalite plis sa yo ki nan ansyen ofisye l 'yo. Kantite manti prezidan an ak administrasyon li te di a te de pli zan pli fwistre jounalis parèy

mwen yo ak mwen. Wagner te depi te di menm plis ekzòbitan pwoklamasyon chak jou.

Pandan ke lòt politisyen nan pi move mwayèn yo sou dizwit pousan nan move enfòmasyon, Wagner an mwayèn swasant-senk pousan lè li rive fo enfòmasyon. Rapò dosye-anviwònman an nan fo reprezantasyon Wagner a vle di reyalite-korektè te gen yon tan jòb ki vrèman difisil kenbe l 'avè l'.

Ann diskite kèk sijè espesifik depi eleksyon an genyen. Kouman sou gwosè a swadizan nan foul moun inogirasyon l 'yo? Li ekzajere chif yo nan prezans malgre prèv ki di lekontrè.

Li te kriye byen fò medya yo pou fè l 'gade tankou yon mantè lè, an reyalite; li te fè sa li menm. Foto ak videyo pwouve Wagner twò ekzajere kantite moun ki nan Mall Nasyonal la.

Jan sa di deja, Wagner pèdi vòt popilè a nan men Marlene Carson, men li te genyen vòt kolèj elektoral la. Se pa sèlman li te fè reklamasyon popilè a te fwod, li te deklare ke genyen kolèj elektoral la se te yon glisman tè. Li te deklare twa eta li pa t 'genyen paske yo te fwod ekstrèm paske nan senk milyon vòt ilegal pou Carson.

Pou tout 2017 ak yon pati nan 2018, Wagner souvan louwe avoka pèsonèl li, Adam Silverstein, kòm yon avoka kokenn ki te pou tout tan rete fidèl ak yon moun li te toujou respekte ak te kapab konte sou nan yon mare.

Apre temwayaj Silverstein nan ankèt federal la, Wagner chanje melodi l ', li atake avoka a. Gen kèk ensilte jete nan direksyon Silverstein a enkli rat, yon moun ki fèb, ak yon moun ki pa t 'trè entelijan.

Pale de ankèt la, Wagner pa t 'kapab kite sa ale san klakan li tout chans li te genyen. Wagner te deklare ankèt la ilegal e randevou yon konsèy espesyal te konstitisyonèl. Yon jij li nonmen pita te dirije konsèy espesyal la te konstitisyonèl, osi byen ke yon panèl twa-jij pou DC Circuit Court of Appeals.

Aprè liberasyon Rapò Avoka Espesyal la, Wagner voye yon tweet pou reklame rapò a konplètman egzante l de konplisite ak blokaj jistis. Pwokirè Jeneral Wagner a, Philip Seymour, te kontredi prezidan an lè li te site rapò a pa t 'konkli Wagner te komèt yon krim ni li pa konkli yo absoli l' nan li.

Pou ekonomi an, Wagner souvan vante anba prezidans li, li te pi bon an nan istwa US. Li te repete tou, fo, ke yo ta konsidere yon defisi komèsyal Etazini yon pèt pou peyi a. Epitou, li te deklare ke rediksyon taks li yo te pi gwo nan istwa Ameriken an.

Pandan kanpay li a, li te fè deklarasyon an defisi a ta diminye senk a sis pousan ak politik l 'yo. Nan 2019, li te grandi nan 2.8 pousan, ki te menm ak Prezidan Garcia nan 2014.

Nan mwa septanm 2017, nevyèm mwa li nan biwo; li te deklare elimine dèt federal la nan lespas uit ane. Yo estime dèt la a diznèf billions dola. Nan 2018, defisi a te ajoute uit san milya dola, ki te sou swasant pousan pi wo pase pwevwa a soti nan CBO a nan senk san milya dola.

Wagner reklame nan mwa mas 2019 ekspòtatè ki soti nan Lachin yo se yo menm ki pote chay la tarif yo. Selon etid, sepandan, te pwouve konsomatè ak achtè nan enpòtasyon sa yo te yo menm ki absòbe pri an.

Wagner pa sanble yo konprann ke tarif yo te yon taks regressive pase sou pèp Ameriken an. Li te diskite tarif ta diminye defisi a nan komès lè an reyalite; li elaji defisi a nan yon nivo rekò nan ane anvan an.

Koulye a, kite a gade nan pandemi an COVID-19. Lè li te premye frape

US la, li fwote li koupe; ki deklare tout ta dwe oke. Lè viris la gaye eksponansyèl, li repete sipriz li, li di pèsonn pa konnen li ta tounen yon pandemi nan pwopòsyon sa yo.

Sepandan, prèv te montre yo te avèti administrasyon li an sou li ak danje li pou sitwayen Ameriken yo. Yo pouse sou kote nenpòt plan yo ba yo pou kenbe ramifikasyon yo nan yon minimòm.

Mwen te tounen soti nan pi gwo antagonist l 'yo. Li meprize lefèt ke mwen pouse tounen sou li regilyèman lè li rive manti l 'yo ak kontradiksyon l' yo. Li te eseye entèdi m 'patisipe nan la Mezon Blanch Press Briefings.

Bannman mwen an pa t dire lontan paske anpil nan jounalis parèy mwen yo te pale kont li. Yo te raple prezidan an ke li pa t 'kapab pran laprès pase nan vanjans pou nenpòt kesyon li te jwenn ofansif.

Konpare Wagner ak Hitler

Kòm ou pwobableman dvine, mwen se yon frote istwa politik. Mwen kaptive pa moun ki te sanble soti nan okenn kote epi pran kontwòl konplè sou yon peyi. Kim Jong-un ak istwa fanmi li se yon sèl despot sa yo, men Hitler se, byen lwen, yon sèl la mwen pi entrige pa.

Ou ap pwobableman mande ki jan Wagner konpare ak yon diktatè fachis, Adolph Hitler. Senpleman sonje, Hitler pa t 'pran pouvwa pa fòs, menm jan Wagner pa t' pran pouvwa pa fòs.

Olye de sa, li te itilize ekspresyon florid ki konvenk ase nan popilasyon Alman an vote l 'nan kòm lidè popilis li yo. Wagner te itilize pou tèminoloji menm jan ak moun ki nan Etazini yo ak li konsyans swiv pwopagann ekstrèm la ak politik ke Hitler te fè soti nan ane 1930 yo.

Lè premye madanm Wagner a, Tatiana, te ranpli pou divòs, li te deklare ke li te egzamine yon liv diskou avan gè Hitler e li te fèmen li nan yon kabinè akote kabann yo. Liv sa a te gen egzamen apwofondi sou fason diskou sa yo te afekte laprès epòk Hitler ak politik yo. Yo se yon koleksyon manyifik nan manipilasyon demagojik.

Wagner te pran leson li te aprann nan diskou yo epi li te libere vèsyon li bay pèp la nan rasanbleman li yo ak sitwayen ameriken yo. Tankou Hitler, diskou Wagner yo te kouri sou yon kouran fiks de pè, Evaris, repiyans, manti, mwatye verite, ak jalouzi. Li te vin yon mèt nan diskou divize, ki te fini ba l 'Mezon Blanch lan ak pouvwa a li te vle. Men, diskou yo rayi-plen yo, men se yon sèl resanblans.

Pou moun ki pa konnen, yon majorite eli ni Hitler ni Wagner. Menm jan ak Hitler, Wagner demonize opozan l ', li pa te gen okenn yon sèl ki te koupe-limit.

Tou de gason yo te rele rival yo kòm kriminèl ak rat marekaj. Malerezman, pèsonn pa t 'vini pou kanpe youn nan yo.

Yon dezyèm resanblans ant yo de a sc chanèl kominikasyon dirèk yo te jwenn pou rive nan baz yo. Pandan ke Hitler ak Pati Nazi l 'te bay lwen radyo ak yon sèl chanèl - leur - Wagner itilize Twitter nan avantaj l' yo rive jwenn sipòtè l 'yo.

Tou de gason yo te blame tout lòt moun epi divize peyi yo sou liy rasyal yo. Sèl diferans lan se Hitler konsantre sitou sou popilasyon jwif la pandan ke Wagner konsantre sou Afriken Ameriken, Latin, ak Mizilman yo.

Wagner refere yo bay imigran ki soti nan Lafrik kòm soti nan peyi shithole ak degrade nenpòt moun ki kouraj yo dakò avè l '. Li pa te gen okenn pwoblèm moke lòt moun, men syèl la padon si yon moun pale kont li. Pou l ', sa ki te yon travesty ak unAmerican.

Pou moun ki ofri verite objektif, yo tou de atake yo san pitye. Wagner ak Hitler t'ap chache delegitimize medya yo endikap paske yo konsantre sou ereur yo. Hitler te rele yo laprès bay manti; Wagner itilize tèm fo nouvèl la.

Tou de akize laprès la gaye fo pwopagann yo nan lòd yo mine

kanpe yo nan peyi respektif yo. Lè repòtè yo te poze yo kesyon lejitim, Hitler ak Wagner te brital nan repons yo e yo te rele yo non.

Wagner souvan dirije toul moun yo nan rasanbleman l 'nan chant tankou "CNN Sucks." Li te menm refize vole drapo Ameriken an nan mwatye-mast pou onore jounalis yo asasinen nan yon ti jounal Albany.

Tou de manti mesye yo twoub reyalite ak sipòtè yo te plis pase kontan gaye manti sa yo. Tandans Wagner pou bay manti sou kondwit pèsonèl ta ka sèlman reyisi si sipòtè li yo te santi yo lib yo aksepte, jan Wagner mete l ', reyalite altènatif ak wè egzajerasyon ekstrèm li kòm verite sakre.

Tou de mesye yo te òganize gwo rasanbleman pou montre gwo pozisyon yo nan gran konplo a. Yon fwa yo etabli kominikasyon pèsonèl yo nan baz yo, yo ranfòse lyen yo lè yo kenbe rasanbleman masiv sa yo.

Yon lòt komen ant de mesye yo te anbrase patriyotis entans yo. Demann solid Hitler a baz li enplike yon vèsyon ekstrèm nan nasyonalis Alman an.

Li fè lwanj pou Almay kòm li te gen yon istwa briyan e li te pwomèt yo pote peyi yo nan plas lejitim li yo kòm yon nasyon surpase pa nenpòt lòt peyi. Wagner répéta santiman patriyotik sa yo nan eksepsyonalis ameriken ak eslogan li "Fè USA a pi bon an ankò."

Yo tou de te fè fèmen fwontyè yon poto mitan nan kanpay yo. Hitler te jele imigrasyon ki pa Aryen nan Almay e li te fè li enposib pou Alman yo kite san yo pa jwenn otorizasyon yo fè sa. Wagner, tou, te fè fèmen fwontyè ameriken yo yon priyorite.

Hitler refize antre jwif yo, pandan ke Wagner te vle entèdi Mizilman yo ak moun k ap chèche Tanp lan soti nan Amerik Santral. Avèk fèmen fwontyè yo, yo te adopte yon politik depòtasyon mas ak detansyon.

Tou de mesye yo te pwomèt yo sispann koule nan moun ki pa blan soti nan vini nan peyi yo. Yo te sèvi ak yo tankou bouk ispyon, blame yo pou pwoblèm peyi yo. Menm jan ak Nazi yo, Wagner separe timoun yo ak paran yo nan lòd yo pini yo paske yo te vle yon lavi miyò.

Avèk koperasyon milti-nasyonal, tou de Wagner ak Hitler te kenbe rankin nan pak entènasyonal yo ak trete yo. Yo menase pou yo retire nan patenarya depi lontan yo wè yo favorab pou yo.

Avèk militè a, tou de gason egzalte fòs ame yo epi yo te pote nan jeneral retrete nan anplwaye administrasyon yo. Yo tou de te mande underlings yo siyen sèman lwayote epi san pèdi tan revoke nenpòt moun ki kouraj opoze yo.

Wagner gen yon admirasyon pou Hitler, ak nan kèk egzanp yo bay isit la, li plis pase kontan replike chak mouvman tiran an.

Ki sa mwen pa konprann se ki jan Ameriken yo te vle mete kanpe ak atitid flagran rasis li yo ak otonòm. Anpil nan yo pa fè sa ak volontèman pwoteste kont-byen fò-kont politik l 'yo.

Kòm mwen mansyone, li pèdi vòt popilè a e li te rayi sa. Mwen te kwè moun ki tap pwoteste nan lari yo se yo menm ki te vote pou opozan li a, Marlene Carson. Wagner te itilize sa a ranfòse diskou l 'yo, rele nenpòt moun ki rasanble kont li kòm eretik.

Mwen pa janm te yon fanatik nan kolèj elektoral la ak sa a te rezon ki fè kle poukisa. Vòt popilè a ta dwe detèmine ki moun ki vin Prezidan Etazini yo. Yo ta dwe aboli kolèj elektoral la menm jan esklavaj la te ye.

Nou se sèl peyi nan mond lan kote vòt popilè a pa vle di anyen. Oke, nan sosyete demokratik aktyèl la, de tout fason, paske nou tout konnen peyi tankou Larisi, vòt reyèlman pa konte jan yo ta dwe.

Envestigasyon avoka espesyal la ak akizasyon an

Mwen panse ke nou ta dwe pale sou ankèt la. Depi nan konmansman an, Wagner te deklare ke li te vini paske Demokrat yo te 'boure' sou pèdi Mezon Blanch lan. Ankèt la konsantre sou konplo ak Larisi ak blokaj jistis.

Pandan tout kanpay Wagner la, li te souvan mande Larisi pou jwenn pousyè tè sou opozan Demokratik li a, Marlene Carson. Li te tou allusion pou Putin ak zanmi l 'yo ede l' ak genyen eleksyon an.

Konsèy espesyal la, Loretta Francis, konkli li pa jwenn ase prèv kanpay prezidan an te fè konplo ak gouvènman Larisi pou entèfere ak eleksyon an. Envestigatè te vin jwenn kominikasyon chiffres, efase, oswa non sove.

Yo menm tou yo te fè fas a temwayaj temwen, ki te pwouve yo dwe fo oswa enkonplè. Anpil nan temwen yo te refize temwaye, site 'privilèj egzekitif'.

Malgre efò Wagner pou bloke enfòmasyon nan ekip envestigasyon an, rapò a konfime entèferans pa Larisi nan kanpay 2016 la. Li detèmine mele a te ilegal, epi li te nan yon mòd sistematik ak rapid fèt.

Rapò a idantifye lyen ant anplwaye kanpay ki gen lyen ak Larisi, tout moun ki te fè deklarasyon fo ak anpeche ankèt la. Francis deklare konklizyon sa a sou entèferans Ris merite atansyon a nan chak ak tout sitwayen Ameriken an.

Dezyèm pati rapò a konsantre sou blokaj jistis pa Wagner ak sibòdone l yo. Pou respekte yon opinyon nan Biwo Konsèy Legal la ke yon prezidan chita se iminitè kont pouswit kriminèl, ankèt la te pran apwòch ekspre a pa ta lakòz yon krim ke yo te komèt pa Wagner.

Avoka Espesyal la te pè akizasyon ta afekte kapasite prezidan an pou gouvène, kidonk prevni akizasyon. Yo te kwè li ta enjis pou akize prezidan an de yon krim san akizasyon oswa jijman. Li konkli Wagner pa t 'komèt okenn krim, men tou, pa t' egzante l '.

Envestigatè yo pa t 'gen konfyans Wagner te inosan, remake li prive te eseye kontwole ankèt la. Nan rapò a, li deklare Kongrè a te kapab deside si prezidan an te bloke jistis ak pran aksyon, sa vle di akizasyon.

Yon mwa apre rapò a, Pwokirè Jeneral Tom Wilson te voye yon lèt kat paj nan Kongrè a pou elabore sou konklizyon li yo. De jou apre, Francis te ekri yon mesaj prive bay Wilson, ki deklare lèt la bay Kongrè a echwe pou pou pran kontni vre, lanati, ak sibstans nan travay la nan biwo konseye espesyal la. Poutèt sa, li mennen nan konfizyon piblik la.

Pwokirè Jeneral la te refize demann lan pou entwodwi entwodiksyon an ansanm ak rezime egzekitif yo anvan liberasyon rapò konplè a. Nan lèt la bay Kongrè a, Wilson ak Depite Pwokirè Jeneral la, Parker Cromwell, konkli prèv yo prezante pa etabli okenn blokaj jistis pa Prezidan Wagner.

Wilson pita temwaye li pa janm egzante prezidan an sou blokaj la nan jistis chaj paske li pa te sa Depatman Jistis la fè. Li te temwaye ni li menm ni Cromwell konplètman revize prèv ki kache yo bay nan rapò a.

Nan mwa jiyè sa a, Loretta Francis te bay temwayaj Kongrè a; yo te kapab chaje prezidan an apre yo pa te nan biwo ankò. Ane annapre a, yon jij Repibliken nonmen pran l 'sou tèt li revize redaksyon yo wè si yo te lejitim. Li te kwè deklarasyon ki twonpe Wilson sou rapò a te Wilson te eseye etabli yon kont yon sèl-bò favè bòs nan travay li.

Ki sa ki pouse ankèt la, ou mande? Poukisa, lekòl lage pi Richard Matthews, direktè FBI, nan kou. Matthews te dirije yon ankèt kontinyèl nan lyen ant Wagner ak ofisyèl Ris yo.

Matthews te ede kòmanse ankèt la. Li te vin van enfòmasyon Wagner te kolizyon ak Putin ak sibòdone l 'yo. Direktè FBI la te vin sispèk lè lòt evènman ak enfòmasyon te vin atansyon li.

Ankèt sa a te kòmanse nan mwa jiyè 2016 lè konseye politik etranjè, Graham Jansen, envolontèman te deklare Wagner ak anplwaye li yo te konnen Larisi yo te resevwa Imèl ki manke Marlene Carson la. Larisi yo te vòlè sa yo Imèl ak Wagner te konnen sa a anvan nenpòt lòt moun.

Dis jou apre revokasyon Richard Matthews, Depite Pwokirè Jeneral Parker Cromwell te nonmen Loretta Francis kòm avoka espesyal pou pran ankèt la.

Rezilta yo te di ke envestige yo te trant-kat chaj. Akizasyon yo enkli moun ki kont plizyè ansyen anplwaye kanpay. Anpil nan yo toujou ap tann jijman.

Èske nenpòt lòt moun wè istwa repete tèt li isit la? Èske Nixon pa te fè fas ak akizasyon sou vòlè dokiman DNC?

Men, Nixon te entelijan ase yo demisyone anvan pwosedi yo te kapab kòmanse. Wagner te twò plen nan tèt li menm bay li yon panse. Plus, li te konnen zanmi l 'nan Sena a ta egzante l'.

Li fwistre m 'ke politisyen nou yo te vinn konsa divizyon ak unoperative. Nou vote yo nan biwo pou travay pou nou, pèp la, epi yo pa pou ajanda pwòp yo. Ki jan nou te rive isit la?

Poukisa yo mete deyò piblisite, klakan opozan yo? Poukisa yo pa ka jis mete yo deyò sa yo ap kouri sou yo ak kite li nan sa?

Men non; yo gen fistibal pousyè tè nan chak lòt olye pou yo te grandi ak pwofesyonèl. Li fè m 'kesyon poukisa nou menm vote pou nenpòt nan yo.

Martin Wagner te rayi yo te rele lajistis e li te panse moun ki pote ka kont li yo te malveyan oswa sèlman kap chèche yon gwo peman. Daprè li, li pa fè anyen ki mal e li te pi gran moun ki janm fèt. Li ta piblikman frape nenpòt moun ki oze mennen l 'nan tribinal la. Li te jwenn li ofansif pou yo te trè l 'yo.

Se konsa, jan yo espere a, Martin Wagner kouri moute yon meli melo sou odyans lan akizasyon. Li rale kolèr tankou yon timoun de-zan ak tout lòt evènman oswa istwa nouvèl ki te montre l 'nan yon limyè pòv yo. Wagner te panse anpil nan tèt li, li te rayi nenpòt moun ki deklare otreman.

Tankou ak envestigasyon an avoka espesyal, li te rele li yon fo ak yon lachas sòsyè. Li te rayi gen okenn konsantrasyon negatif sou li e li pa te gen okenn pwoblèm atake kont li.

Wagner te move kont akizasyon an paske li te deklare ke Rapò Avoka Espesyal la te jistifye li. Menm si li te gen, ki li pa t ', li pa te katalis la pou akizasyon an.

Li te, sepandan, paske yo te apèl nan telefòn klandesten Ukrainian Prezidan Vladimir Kovalenko. Li te gen tout bagay sa yo tè avè l 'ap eseye fòse nouvo prezidan an nan jwenn pousyè tè sou potansyèl rival li Demokratik 2020, Jim O'Leary.

Si li pa t 'pou denonsyatè a, pa gen moun ki ta konnen sou apèl nan telefòn. Wagner mande non denonsyatè a, men paske nan lwa ki pwoteje nenpòt moun ki te divilge move zak pa yon domestik piblik yo, yo te refize demann li. Sa te fache prezidan an paske li pa t 'kapab entimide nenpòt moun ki kite l' jwenn pwòp fason l 'yo.

Ankèt la nan Chanm Reprezantan an te dire apeprè de mwa nan dènye mwatye nan 2019. Midway atravè ankèt la, Komite entèlijans, sipèvizyon, ak zafè etranje tout depoze temwen konsènan abi pouvwa Wagner ak blokaj jistis.

Sou senkyèm desanm lan, Komite entèlijans kay la te vote sou liy pati yo pou adopte yon rapò final. Sa a, apre yo fin pase mwa a nan Novanm kenbe odyans piblik yo gen temwen temwaye nan yon fowòm piblik. Yo te kwè pèp Ameriken an te gen dwa tande sa temwen yo te di.

De jou apre yo fin lage rapò a, tout Chanm Reprezantan an apwouve tou de rapò yo ak tout Repibliken yo opoze ansanm ak de Demokrat. Pandan ke Demokrat yo rete konsantre sou kesyone temwen konsènan sijè yo nan blokaj jistis ak abi pouvwa,

Repibliken yo te fè tout sa ki nan pouvwa yo pou yo devye soti nan pwoblèm lan nan men yo. Yo te sanble vle voye yon mesaj bay Wagner yo te sou bò li. Men, jan sa deja deklare, Demokrat yo te gen ase vòt an favè yo pou akize.

Erezman pou Wagner, Sena a pwouve yo dwe yon lòt pwoblèm

tout ansanm. Te gen ase Repibliken nan Sena a pou libere prezidan an sou tout akizasyon yo. Lidè majorite Sena a, Ralph Jackson, te fè li klè anvan atik yo te frape etaj Sena a, li ta egzante Prezidan Wagner.

Apa de yon senatè Repibliken, James Whitby nan Michigan, tout kontenjan Repibliken an te vote pou libète. Senatè Whitby deklare li pa t 'kapab nan bon konsyans vote absoli Wagner pou zèv sal; zèv sal tout moun te konnen ki te pase, men volontèman fèmen yon je avèg.

Malgre pi bon efò Whitby, pawòl li tonbe sou zòrèy soud. Men, menm si Wagner te chape ke yo te retire nan biwo, li te vin twazyèm prezidan an akize nan Istwa Ameriken an.

Men, pou moun ki pa sonje, menm bagay la te rive lè prezidan demokrat la, Michael Carson, te fè fas ak akizasyon pou bay manti nan kongrè a sou zafè l 'ak entèn li, Jennifer Jacobs. Chanm Reprezantan an nan moman sa a te nan yon majorite Repibliken ak akize l 'sou liy pati pandan y ap Sena Demokratik la otorize l' nan akizasyon yo.

Diferans ki genyen ant Wagner ak Carson se ke Carson pa t 'mete nan opinyon li sou ka a ak konsantre sou travay la nan men yo. Wagner te santi li nesesè sote nan ak vwa dezapwobasyon l 'chak moman li te kapab. Epitou, Carson eskize pou move zak li fè pandan ke Wagner ensiste ke li pa fè anyen mal.

Zafè renmen li ak Putin ak admirasyon nan lòt lidè kominis yo

Pou ane, Wagner te montre li gen yon kote ki cho nan kè l 'pou Larisi ak lidè li yo, Vladimir Putin. Tan apre tan, li te rejte lajman ki te fèt US politik etranje yo aliyen tèt li ak Larisi. Sa a enkli tout bagay soti nan entèferans eleksyon an nan lagè a kontinyèl nan peyi Siri.

Mwen ka wè poukisa Wagner admire Putin. Chèf Ris la te pote tèt li kòm yon nonm ki gen yon lè nan aristokrasi e li te gen yon souri yon sèl ta konsidere bon. Li kòmande respè nan men pèp li a, menm si li te vini sou pa yon menas pinisyon grav.

Koneksyon Wagner ak Kremlin an te katalis envestigasyon avoka espesyal la. Nan opinyon Wagner, akizasyon yo te pwouve Demokrat yo te fè konplo kont li.

Nan fason òdinè flanbwayan l 'yo, li pwoklame yo dwe prezidan an pi di tout tan sou Larisi.

Soti nan tan li kòm yon sitwayen prive Wagner leve nan prezidans li sou yon baz regilye. Li te itilize konpliman sa yo tankou yon moun ki gen pitye, yon lidè pwisan, ak yon moun entelijan. Li se youn nan kèk lidè nan lwès la ki te deklare ke li te kapab jwenn ansanm ak prezidan Ris la.

Lè Wagner te anboche Pyè LeBlanc nan sezon prentan 2016 la pou li te fè kanpay li an, li te flabbergasted anpil moun. LeBlanc te pase plis pase dis ane kolabore ak chèf pro-Ris ak pati nan Ikrèn lan.

Paske nan travay li, li kiltive relasyon entim ak oligark ki te favorize Putin. LeBlanc se kounye a sèvi tan nan prizon pou evade taks sou dè milyon de dola li te fè soti nan tan konsiltasyon l 'nan Ikrèn.

Lè Larisi anekse Crimea, Wagner fè lwanj pou Putin menm sijere ke li te bon si Larisi kenbe teritwa a Ukrainian. Li repete yon fo reklamasyon nan Kremlin an ke moun Crimean yo ta pi pito rete ak Larisi pase Ikrèn.

Lè ankèt la te pwouve Larisi entèfere ak eleksyon 2016 la, Wagner pat vle siyen sanksyon kont yo.

Depi jou Wagner te pran biwo a, Larisi te pandye sou prezidans li. Malgre tout chans pou soulaje dout moun yo sou Larisi, Wagner refize fè sa.

Ale kont avètisman pwòp asistan l 'yo pa felisite Putin pou reeleksyon l' yo, Wagner rele lidè Ris la ak felisite l '.

Nan yon somè ki te fèt nan Prag, Wagner te aksepte pawòl Putin li pa t entèfere nan eleksyon Etazini an. Sa a malgre konklizyon yo te jwenn nan ajans entèlijans ke Putin te pèmèt kanpay la entèfere.

Li pa t 'sanble gen pwoblèm sa lidè Ris la te fè, Wagner toujou bay Putin yon pas.

Lè sa a, nou gen Kim Jong-un, lidè siprèm Kore di Nò a. Wagner deklare admirasyon li ak konfyans plen diktatè a san pitye. Li te anonse sou televizyon nasyonal

sou pè a tonbe nan renmen youn
ak lòt.

Estim li pou Kim Jong-un se pa
tankou senp tankou l 'pa konprann
ki moun tiran brital la reyèlman se.
Li lanse flate sou Kim paske lidè
Kore di Nò a te sispann fè menas
sou Etazini apre premye reyinyon
yo.

Men trèv la sispann apre chita pale
nikleyè kraze ant Wagner ak Kim.
Nou te tande ti kras nan men swa
lidè nan dènye mwa yo, men sa ka
paske nan lòt pwoblèm ijan vini
nan forefront la.

Yon dènye lidè etranje Wagner te
yon ti tan bay lwanj te Xi Jinping

nan Lachin. Pandan ke Wagner meprize peyi a Azyatik pou komès ak pwoblèm ekonomik, li te di ke li te panse li te gwo Xi kreye yon fason yo vin Prezidan pou tout lavi.

Wagner ajoute nan sa lè li di ke Etazini ta dwe adopte menm lide a.

Wagner parèt gen yon afinite nan lidè mondyal ki bay laparans nan yo te fò ak tout-pwisan. Li pa sanble yo konprann se fason lidè sa yo dirije peyi pèspektiv yo.

Wagner pa ka wè mesye sa yo kòm dirijan ak yon pwen fè ak pè mongering. Oswa petèt li fè e se sa li admire pi plis sou yo.

Kòm yon nonm ki te grandi kwè ke US la te peyi a pi gran nan mond lan, mwen jwenn tandans sa a twoublan. Èske nou reyèlman vle vin yon peyi tankou Larisi oswa Lachin kote sitwayen li yo ap viv nan krentif pou gouvènman yo?

Mwen pa fè sa. Mwen renmen lefèt ke nou se yon peyi gratis epi yo te pou prèske de san senkant ane.

Nou gen libète pou pale kont lidè nou yo san vanjans avèk tan prizon oswa lanmò. Nou gen libète pou nou pwoteste.

Nou lib pou nou viv lavi nou san nou pa enkyete nou pou ajan sekrè yo te rache nou nan lari a pou okenn lòt rezon ke vwazen nou yo ki te rache nou e ki te fè manti.

Men mwen pè kote diskou Martin Wagner ap mennen nou. Li konstan bashing nan nenpòt ki moun ki pale kont li ak denigrasyon li nan òganizasyon nouvèl se move ak okoumansman de rèy tirani Hitler a sou Almay.

Apre sa, mwen wè disip li yo inyore siy yo nan Wagner ke yo te tiran nan menm jan ak Hitler. Sèl espwa mwen se yo menen soti nan kèlkeswa sa ki hypnosis yo nan anvan li twò ta.

Opinyon li sou fanm yo

Nenpòt moun ki te swiv Wagner pandan ane yo konnen li gen yon atitid seksis. Li pa sekrè wè l 'sou fanm yo. Li pa janm kache lefèt ke li te yon chauvinist ak prèske parèt yo dwe fyè de sa.

Mwen pa konprann ki jan nenpòt fanm ki gen okenn sans sou li ta ka sipòte konpòtman sa yo. Li pa janm respekte yo e li trete yo tankou pousyè.

Wagner menm admèt yo nan atak seksyèl fanm, reklame si ou se yon selebrite yo ke yo pral kite ou fè anyen. Li nan wont ak terib pou nenpòt moun ki gen yon sans de politesse komen.

Pi gwo mani l 'te fè ak sanble fi. Li te gen yon kont san rete ak Sandra McCarthy, yon aktris ak kanpe-up komedyen.

Wagner souvan fè remake pwa fanm nan e ke li te panse li te sanble ak yon kochon. Pa gen yon sèl yo pran kòmantè sa yo, McCarthy toujou tire tounen ak venen egal.

Wagner meprize li. Ego menmen li blese fasil, se konsa nenpòt ki ti dirèk oswa endirèk fache l '. Retounen ak lide ant Wagner ak McCarthy te kòmanse nan mitan

80s yo e li kontinye jouk jounen jodi a.

Pou chwa li nan madanm yo, yo tout te dwe jèn, bèl, ak anfòm fizikman. Depi lè li te marye ak twazyèm madanm li, Cilka, li te pran plis pase san liv e li te de fwa laj li.

Aparamman, atitid li te ipokrit lè li te vini nan pwòp aparans li. Li pa t 'gen pwoblèm l' osi lontan ke madanm li oswa mennaj te, jan li mete l ', yon moso cho nan bourik.

Mari oswa madanm li yo pa t 'sanble anmande sou aparans mari yo, e konsa nou make yo kòm pèl lò. Li te ka enjis, men li te gen kritè li pou chwazi patnè li yo ak li pa t 'sanble yo pran swen si yo te sèlman apre lajan l' yo.

Li souvan diminye madanm li an piblik, ki gen ladan yon chatiman klè nan Cilka nan inogirasyon li. Gade nan doulè sou figi l 'te pale komèsan nan mond lan. Wagner pa t 'pran swen. Se poutèt sa li te nonm lan; li te dirije e tout lòt moun te bezwen obeyi.

Wagner pa janm diskrimine sou ki moun yo denigre lè li rive popilasyon an fi. Aprè youn nan deba Repibliken yo, li te eksplozif sèl panelis fi a epi li te deklare ke li te sou sik règ li paske li te poze kesyon difisil, lejitim e li te refize pèmèt li evite reponn. Kòm li te deklare, li te rayi yo te fè yo sanble yon moun san konprann, espesyalman pa yon fi modest.

Apeprè yon semèn anvan eleksyon jeneral la, yo te lage yon videyo ki soti nan montre amizman chak semèn, Hollywood Rasanbleman an, bay piblik la. Sou videyo a, nou te kapab tande Wagner t'ap jwe ak lame a, Cameron Peterson.

Cameron te bò kote tèt li ak ri kòm Martin dekri 'arachman fanm pa Pussy la.' Li te di yo pèmèt li fè l 'paske li te yon selebrite ak selebrite te kapab fè tou sa yo te vle san konsekans.

Anvan lage videyo a, Wagner te gen reklamasyon kont li pou yon varyete de ofans agresyon seksyèl. Okenn nan yo pa janm jwenn wout yo nan tribinal la. Apre videyo a, plizyè douzèn fanm te vini pou pataje rankont yo ak Wagner.

Wagner refize akizasyon yo, ki ta dwe pa gen sipriz pou nenpòt moun ki kounye a. Li te deklare ke li pa janm te rankontre fanm yo, e menm si li te fè, yo pa t 'kalite l' yo. Paske yo pa t 'kalite l' yo, Wagner deklare li pa ta gen anyen fè ak yo.

Sa lakòz yon dezòd nan mitan gwoup fanm atravè peyi an. Predatè seksyèl pa t 'pran swen sou sanble fanm lè li rive satisfè ankouraje yo.

Tout moun te panse liberasyon an nan videyo a ta dwe tonbe nan Martin Wagner, men sipòtè l 'rasanble bò kote l'. Yo defann pale li nan otobis la pa deklare li te senpleman plezantri kazye.

Malgre videyo a akablan ak reklamasyon nan move konduit seksyèl, Wagner toujou te genyen kolèj elektoral la yo vin 45th Prezidan an nan Etazini yo. Menm apre li te vin lidè nan mond lan gratis, Wagner pa janm anpeche atitid li oswa fason pou pale.

Pandan ke li te trete pifò repòtè gason avèk reverans, li te trete jounalis fanm opoze a. Li te souvan pran kesyon yo souvan kòm trivial ak fanm yo tèt yo refere yo kòm anbarasan ak entelijan.

Malgre atak vèbal li yo sou fanm, li toujou kenbe yon fanm fò ki te defann l 'avid. Mwen kesyone levasyon fanm sa yo. Èske yo te abize vèbalman, mantalman, emosyonèlman, ak / oswa fizikman? Si non, kisa ki te pase? Èske yo te soti nan kay kote gason yo te chèf nan mond lan ak fanm yo te senpleman soumèt devan?

Mwen pa ka panse a nenpòt lòt rezon fanm ta stanchly defann yon nonm ki panse ke ti kras nan yo. Mwen leve ti fi mwen yo fè pou tèt yo. Mwen te anseye yo ki jan yo ranje yon machin ak chanje kawotchou. Yo te aprann kouman yo sèvi ak tout zouti nan sal travay mwen an.

Si yo ta pral marye ak yon nonm, li ta pou renmen epi yo pa paske yo te depann de l 'fè travay atrav nan kay la. Mwen te pote yo moute yo dwe endepandan ak endepandan. Madanm mwen ak mwen te fè sèten yo te resevwa yon edikasyon kalite epi yo te jwenn yon karyè yo te jwi kòm byen ke sipòte lavi yo.

Mistresses yo

Wagner, yon tronpeur? Oke, wi. Wi, li se, epi nou konnen l 'pou non sèlman kopye sou madanm li, men kopye sou metrès l' yo.

Mwen pa t 'konprann poukisa li ta pèdi deyò maryaj li. Premye madanm li, Eva, pa sèlman bèl, men li te entèlijan. Li te ede l 'ak biznis byen imobilye l' nan Manhattan ak te jwe yon wòl enpòtan nan kenbe li soti nan vin tounen yon echèk prononcée.

Men, Wagner tronpe sou li plizyè fwa ak plizyè fanm. Se pa sèlman li te tronpe sou li, li tronpe sou tout twa nan bèl madanm li. Ki sa ki te

171 | P a j

mal avè l 'lòt pase li te yon bourik ponpye ki te panse li te kapab fè tou sa li te vle?

Li se pa yon sekrè kòm Wagner renmen fè djòlè sou konkèt seksyèl l 'yo. Li souvan fè m 'mande poukisa madanm li rete osi lontan ke yo te fè, jan mwen si ke pifò moun fè.

Premye maryaj li ak Eva fonn prèske imedyatman apre tabloids yo ekspoze zafè l 'ak Monika McCarthy. Li sanwont mennen l 'sou yon vakans ski fanmi Zurich, li fè pi byen l' yo kache l 'soti nan Eva ak timoun yo.

Malgre efò sa a, Monika te pwoche bò kote Eva epi li te deklare, "Mwen renmen mari ou. Jis mande si ou fè sa, tou? "

Èske ou ka kanpe odas nan sa ki tou de Monika ak Martin te fè? Lè mwen li sa a, mwen pa t 'kapab kwè nè a nan de sa yo. Mwen pa konnen kiyès nan yo ki te vin pi mal, flagran fwote zafè yo nan figi an nan Eva ak pitit yo.

Nan yon nimewo nan Hill Street Times, Monika vante ke fè sèks ak Martin te pi bon an li te janm genyen. Wagner pouse istwa a paske li te renmen wè non li nan ekri an lèt detache. Pandan tout bagay sa yo, li menm ak Eva poko divòse.

Anvan li te marye ak Monika, li te poze kòm pwòp pòtpawòl li, Robert Riker, epi li te di yon repòtè nan magazin ameriken pa tap gen okenn fason pou li ta marye ak li. Li te tou te deklare ke gen kat lòt metrès pandan li te gen yon zafè ak Monika.

Pandan ke ak Monika, li te tou ap dòmi ak Antonia Ramirez Garcia. Ramirez Garcia te yon jwè tenis pwofesyonèl ki soti nan Venezyela ak ven ane nan moman zafè a.

Zafè yo sèlman te dire yon koup la mwa kòm Antonia te vle konsantre sou karyè li olye pou yo dòmi ak yon nonm marye. Li triyonfe nan Open franse a ak Wimbledon de fwa.

Mwen te fè antrevi Antonia pa lontan apre yo fin kraze bagay sa yo ak Martin. Zafè yo te gen okenn sekrè e mwen te vle konnen poukisa li te gen yon zafè ak yon nonm marye.

"Paske mwen jwenn li yo dwe yon nonm enteresan," li te reponn ak aksan epè Venezyelyen li. "Plus, sèks la te kokenn. Mwen pa janm te avèk yon pi bon lover. "

Yon lòt zafè li te genyen pandan li te toujou ap date Monika te avèk

Fayanne Williams, yon modèl ventnèf ane ki soti nan vil New York. Yo te rankontre nan Miami pandan yon tire foto pou plizyè magazin espò. Zafè a te fini apre plizyè mwa lè li te rankontre mari l ', tanbouyè Colin North.

Yon koup ane nan maryaj la ak Monika, Wagner te kòmanse yon relasyon ak Bindi Baldwin. Bindi te yon wotè, blond modèl Ostralyen ak aktris. Pandan ke zafè a te dire apeprè sis mwa, li te fanatik ase nan Wagner pou andose kanpay li pou prezidans Ameriken an.

Pandan separasyon li soti nan Monika, li branche ak modèl, Amanda Knoxville. Jis kirye si nenpòt lòt moun wè yon modèl isit la? Kontrèman ak zafè anvan yo, yon sèl sa a te dire kat dat.

Kontrèman ak Amanda, zafè l 'ak Anita Lacewood te trè sal. Yo te rankontre nan Hamptons yo ak dat pou twa zan. Li te angaje nan tripotay kroniker Henry Rothstein.

Wagner te renmen bèl, jèn modèl ak pandan ke pa gen anyen mal ak sa, fason ou kapab triche toujou avèk yo se yon pwoblèm. Pandan ke Eva pa t 'mete kanpe ak kopye a konstan, Cilka sanble plis pase kontni kite l' fè tou sa li vle.

Ak pòv Cilka, madanm li ye kounye a. Li se youn nan mwen gen pi senpati a pou, menm si li ka pa konplètman merite li. Yon ane apre li te marye ak Wagner, li te gen yon zafè ak zetwal pònografi Lacey Davies.

Hill Street Times rapòte ke avoka Wagner te peye Lacey pou kenbe l trankil. Wagner refize akizasyon an pa zetwal la pònografi lè li admèt nan plizyè òganizasyon nouvèl sou escapade seksyèl li ak Martin.

Youn nan tabloids pi renmen Wagner a, Ekspozisyon Nasyonal la, peye yon ansyen pleyboy centerfold $ 200,000 pou istwa li, men pa janm pibliye li. Nou kwè mèt kay la nan Ekspozisyon an,

Timote Adams, trete istwa a kòm
yon favè zanmi l ', Martin.

Gemma O'Brian te di ke li ak Martin
te gen yon zafè renmen pou prèske
de zan. Relasyon an sipozeman te
kòmanse yon mwa apre Cilka te fè
pitit gason, Duke.

Men, mwen toujou pa t 'konprann
poukisa nenpòt moun ki ta gen
relasyon entim ak yon moun yo te
konnen te gen yon madanm.
Martin pa t 'sa ou ta rele yon estati
zidòl ak eksperyans pèsonèl,
mwen konnen li pa t' yon
konvèsasyonis briyan.

Sèl bagay mwen te ka panse atire
medam sa yo pou li se te sipoze

richès li. Mwen pa doute ke li gen lajan, men mwen doute ke li nan otan ke li reklamasyon li se.

Tou de Lacey Davies ak Gemma O'Brian te vini pou pi devan pou rakonte istwa yo sou televizyon nasyonal la. Kontrèman ak Lacey, Gemma deklare li pa vle anyen nan men Martin.

Li te sèlman vle di mond lan li menm ak Martin te renmen lè yo te ansanm. Men, li te santi li pa t 'kapab rete nan yon relasyon ki pa ta ale okenn kote ankò.

Lacey, nan lòt men an, te vle montre ki jan anpil nan yon embesil Martin Wagner te reyèlman. Li te di entèvyou li a, Mac Jackson, ki jan Martin anmède l 'nan yon evènman charite jiskaske li te dakò ak pran l' nan chanm li.

Lè li te soti nan twalèt la, Martin te ap tann pou l 'sou kabann li, toutouni. Li te deklare ke li te fè pi byen l 'yo pa ri nan fòm nan enpè nan pati gason l' yo. Lacey te deklare ke peni li te drese nèt te gen fòm yon djondjon e li te sezi li li te kapab aktyèlman fonksyone nòmalman.

Defans soti nan sipòtè

Se konsa, mwen parye ou tout ap mande ki sa sot pase Martin Wagner a te fè ak pozisyon li ye kounye a kòm prezidan. Oke, reyalite atitid li anvè minorite yo ak fanm yo pa chanje.

Pwen de vi l 'yo te vin pi mal depi li te anonse kouri l' yo pou prezidans la. Men, ak Wagner, pa gen anyen reyèlman sipriz m 'ankò.

Bagay la ki sezi m 'te repons lan kil-tankou soti nan sipòtè l' toupatou nan peyi a. Li pa t 'gen pwoblèm ki jan ekzòbitan oswa kòrèk kòmantè li yo te; yo te apiye l 'san okenn kesyon yo te mande.

Yo tout bat bravo pou li paske li te pale de lide li. Men, lè nou bay yo prèv enkonsistans, erè, ak manti kareman, yo defann li lè yo di se pa sa li te vle di.

Tankou lidè yo, yo kontredi tèt yo sou yon baz regilye. Yo tout te tèlman renmen l '; yo te konsidere l kòm repons pou pwoblèm yo.

Martin Wagner te vin yon bondye nan je yo, epi li pa t 'kapab fè anyen ki mal. Gwoup sipòtè li a te blese tout bagay li tweeted oswa di.

Menm moun li te travay pou li te defann pawòl li yo ak aksyon li yo. Yo te santi nesesite pou yo eksplike kòmantè li yo paske, menm jan yo te wè li, 'fo medya yo' toujou tòde pawòl li yo pou fè l parèt move.

Tout moun, ki gen ladan Prezidan Wagner, te blame medya yo pou pòv imaj li atravè peyi a ak atravè mond lan. Yo te avèg nan lefèt Wagner ak ekip li a te fè li nan tèt yo.

Si se pa sa, yo te blame ansyen Prezidan Garcia pou anyen ak tout bagay mal nan administrasyon aktyèl la. Wagner pa te pran okenn responsablite pou ki jan aksyon l 'kontribye nan enpèfeksyon yo nan administrasyon l' yo.

Disip li yo parrot santiman l ', li menm ale twò lwen tankou retweeting fo deklarasyon l' yo. Konseye an chèf li, Lesley Chapman, ta pran nan ond yo 'ranje' erè prezidan an sèlman fè zafè yo vin pi mal.

Olye pou yo reponn kesyon, Lesley te pale bò kote yo epi jete enfòmasyon san fondman. Li menm rele yo 'reyalite altènatif.' Reyalite altènatif? Oswa jan rès mond lan te rele yo, manti.

Natirèlman, sipòtè l 'relished nan konsèp sa a ak imite mo prezidan an. Yo akize medya yo nan move prezantasyon prezidan lè an reyalite yo te montre aktyèl pye.

Yo te blame plòg yo nouvèl pi gwo nan fè espre klakan Wagner fè l 'gade enkonpetan lè an reyalite; Pwòp atitid Wagner te fè travay la pou li. Nouvèl la tou senpleman vize manti l 'yo ak enkonsistans. Yo devwale kòt a kòt pye ak kòmantè kontradiktwa Wagner yo chak jou.

Lòt ke Lesley, lòt defansè ta ale nan lè yo di Prezidan Wagner pa janm bay manti. Yo ta double-desann sou defans yo lè repòtè defye verasite a nan deklarasyon yo.

Disip Wagner yo te eksplozif medya yo, yo te rele yo 'fo nouvèl.' Nouvèl lejitim yo te pran anpil abi paske yo te fè travay yo e yo te pale laverite. Sipòtè Wagner meprize gen lidè yo montre nan yon move limyè malgre Wagner fè li nan tèt li.

Yo jis pa t 'vle admèt lidè yo se te yon mantè oswa yo ke yo te vote pou yon moun konsa enkonpetan. Si Wagner pa t 'kontredi tèt li, plat-soti bay manti, oswa konplètman fè bagay sa yo moute; medya yo pa ta konsantre anpil sou li.

Men, bagay la etranj mwen te remake te chanjman nan degre 180

nan opozan ansyen Repibliken l
'yo. Anvan Wagner te vin prezidan,
yo tout fè remake enkonsistans li
yo ak imoralite.

Yon fwa li te nan biwo, atitid yo
nan direksyon pou l 'chanje. Li te
parèt tankou si yo kounye a te pè l
'.

Te kapab Wagner gen yon bagay
sou yo epi kenbe l 'sou tèt yo? Li
menm te fè yon koup senatè kouri
ale nan Mezon Blanch lan ak tout
ensidan minè yo te kwè ke
prezidan an bezwen tande.

Mwen pa janm wè nivo nan
mawon-nen anvan nan karyè
mwen. Mwen pa t 'kapab kwè ki jan

flagran yo te nan souse jiska prezidan an. Yo vle Curry favè avè l ', li ta fè anyen yo fè sa.

Gè li kont nouvèl endikap

Repòtè atravè lemond yo te anba atak, fizikman ak vèbalman kòm byen ke yo te trete kòm sib olye pou yo obsèvatè net yo ye. Wagner ak konpatriyòt Repibliken li yo ap pran menm apwòch repòtè politik yo. Yo trete repòtè yo kòm lènmi 'konbatan' ak 'jis jwèt pou asasina karaktè.'

Sipòtè prezidan an te mete l 'sou tèt yo nan konpile enfòmasyon sou repòtè espesifik nan yon tantativ diskredite yo. Wagner menm tweeted ke advèsè chèf li se fo nouvèl plòg yo, pa Pati Demokrat la.

Nan youn nan rasanbleman l 'yo, yon gwoup nan sipòtè l' vèbalman ak fizikman atake kò a laprès ki kouvri evènman an. "Tout moun nan ou se nothin ', men kaka-deranje," yon fanm screeched, je l' nan bwa ak endiyasyon. "Poukisa ou ensiste sou trese pawòl li alantou? Li pale lide l ', men ou anpil sèvi ak mo sa yo fè l' gade move! "

"Nou tout ta dwe tire epi tiye!" yon lòt manifestan rele. "Ou se tout lènmi pèp la!"

Yon nonm te pwan kolèg mwen an, Andrew Coleman, e prèske bat li nan lanmò pandan ke lòt sipòtè kenbe moun tounen. Yo tout t'ap chante, "Touye l 'koulye a!"

Erezman pou Andre, yon jounalis parèy chape anba men foul la epi li rale atakè a. Yo te rele lapolis e yo te arete anpil nan sipòtè yo.

Se sèlman youn nan moun ki atake Andrews te fè fas akizasyon ak evantyèlman te sèvi tan pou atak la brital. Mwen rekonesan zanmi mwen siviv, men li te fè m 'kesyon poukisa li te rive an plas an premye.

Mwen souvan mande ki jan oswa poukisa disip li yo te tèlman pwofondman konsakre l '. Èske yo te tèlman dezespere pou yon moun ki te panse menm jan yo te fè, yo vle ale ansanm ak tout lide ridikil li spewed?

Èske yo te tèlman dépourvu nan panse sans komen yo, yo pa t 'kapab objektivman wè sa k ap pase? Ki sa ki te manke nan lavi yo pou fè yo aksepte pawòl li yo kòm levanjil?

Ki sa li te kenbe sou pèp li a? Li te fè m 'pè nan tan kap vini an.

Yon gwoup sipòtè Wagner yo te kap ranmase kapital pou yo ka mennen ankèt sou repòtè yo ak editè nan gwo enstitisyon nouvèl yo. Gwoup sa a deklare li pral divilge tout rezilta domaje nan medya pro-Wagner tankou nouvèl XRAE.

Wagner gen tan rayi envestigasyon, espesyalman nan laprès la. Li kondane yo; rele tout nan yo fo ak lènmi yo nan eta a. Kòm mansyone nan chapit la sou Hitler, yo fè li nan simen defye ak medya yo kòm byen ke delegitimizing jounalis, rapò, ak reyalite.

Kòm repons, plòg nouvèl endikap yo te ogmante efò yo pou rele manti Wagner yo ak biwo vòt yo, ki te sèlman pwouve entansifye atak anti-medya Wagner yo. Trayi repòtè yo pwovoke enkyetid nan mitan kritik politik yo ak libète lapawòl alye yo.

Kontrèman ak prezidan anvan yo ki te koupe kritik pou laprès, Wagner ak disip li yo te rele medya yo kòm yon jwè patizan nan tèren politik la. Yo vle pénétrer ase pè nan jounalis yo pale verite a pou laprès la ap sispann rapòte te aktyèlman ale sou.

Wagner ak baz li ensiste repòtè ki soti nan plòg nouvèl endikap yo te kont li, se konsa yo tòde mo li yo matche ak naratif yo.

Pandan pandemi an, Wagner toujou ap kritike laprès la pou pwòp pèfòmans pòv li yo ak reyaksyon dousman nan gravite a nan li. Lè yo te kesyone sou li, li te rele repòtè a anbarasan ak kesyon yo kòm enjis ak facetious.

Li te rayi gen pwòp kòmantè l 'jete tounen nan l', li rele moun ki montre ereur l 'tankou mantè. Nou te kaptire tout bagay sa yo byenke chak mo li te janm pwononse sou kasèt odyo oswa videyo.

Se konsa, ki pwoblèm ki genyen ak Wagner?

Mwen si pou pifò moun ki koute Martin Wagner kwè ke li se yon pwòp tèt ou-santre, egoyis pervert. Ki lòt moun ki te panse li te grenpe lè li te di ke li ta dat pitit fi l 'si li pa t' pitit fi l '?

Oke, mwen definitivman te fè. Ak ki moun ki nan bon lide yo ta menm panse tankou yon bagay, se pou kont li di li byen fò?

Li dwe fou, pa vre? Oke, pa egzakteman. Pandan ke li vini atravè kòm yon moun koupe-kilter, Wagner se pi plis nan yon moun ki posede kalite yo atribiye nan triyad la nwa.

Ki sa ki triyad la nwa, ou mande? Senpleman mete, triyad la nwa gen ladan twa dimansyon pèsonalite kritik. Dimansyon sa yo se sikopati, narsisism, ak Machiavellianism.

Avèk psikopati, karakteristik enpòtan an se yon tandans pou montre ti konsiderasyon pou panse, santiman, ak / oswa rezilta lòt moun.

Narcissism montre yon konsantre chèf sou tèt yo olye pou yo moun ki bò kote yo. Finalman, Machiavellianism se tandans nan manipile lòt moun pou pwòp benefis li.

Se konsa, kilès nan triyad la Wagner fè pati? Ann diskite sou chak jan li gen rapò ak prezidan nou an.

Ann kòmanse ak psikopati. Gen anpil egzanp ki montre Wagner gen yon mank de enkyetid pou lòt moun, men nou pral konsantre sou yon sèl.

Kouman sou deden l 'pou Mizilman? Nou te montre enkapasite l 'yo empathize ak Mizilman endividyèl lè li rive Mohammads yo. Anpil moun jije li antipatriyotik ak lagè vèbal kontinyèl l 'yo ak paran yo nan yon nonm mouri nan Afganistan.

Pa atake paran yo ki pèdi sèl pitit gason yo, nou ta ka di Wagner manke senpati ak jijman nan entèraksyon piblik sosyal li yo. Sa a, omwen, se definisyon an pi bon kalite psikopati.

Koulye a, kite a gade nan Wagner ak narsisism. Li renmen non tout bagay li posede apre tèt li.

Li renmen tou, al gade nan tèt li kòm yo te pi bon an nan tout bagay, menm lè li pwouve ke li pa. Klasik siy narsisis, ou pa panse?

Epi finalman, moso ki sot pase a nan triyad la, Machiavellianism. Lè ou manipilatif sanble gen yon bon jan kalite estanda ak sa yo ki nan politik, kidonk li pa tankou si Wagner se inik nan ke yo te yon manipilatè.

Èske gen prèv Wagner eksplwate lòt moun pou pwòp benefis pèsonèl li? Oke, gen anpil atik nan plizyè jounal ki diskite sou Wagner degize tèt li kòm pòtpawòl pwòp tèt li.

Sa yo pòtpawòl, aka Wagner, defann aksyon yo nan 'bòs nan travay yo.' Li se yon egzanp liv Machiavellianism. Li nan manipilasyon lòt moun pou pwòp benefis yon sèl nan konpòtman malonèt ak egoyis.

Se konsa, sa se vèdik la? Martin Wagner se egzanplè nan karakteristik chèf pou tout aspè nan triyad la nwa. Li pa gen sousi, li absòbe tèt li, li manipile l. Ak nan kou, baz li nap li tankou chen swaf dlo.

Pandemi a

Anpil moun panse 19 nan COVID-19 vle di li se diznevyèm vèsyon viris la. Sa a se sa ki mal. Li vle di sèlman viris la te kòmanse nan 2019, men moun ki panse otreman pa pral gen lide yo chanje.

Li te kòmanse nan yon mache mouye nan Wuhan, Lachin. Kontrèman ak anpil teyori konplo, sa a se verite a. Li pa t 'kòmanse nan yon laboratwa nan Lachin ni nan Winnipeg, Kanada. Li anbete m 'lè moun jete teyori sa yo san yo pa fè dilijans yo.

Mwen ta dwe konnen pi bon pase kite l 'jwenn mwen paske pa gen anyen mwen ka fè chanje lide yo. Si yo te sèlman konnen ki jan ridikil yo kònen klewon yo lè yo repete istwa san sans sa yo, mwen si ke yo ta sispann fè sa. Men, li pa jiska m 'Se konsa, mwen ta dwe jis rete trankil ak kontinye sou.

Se konsa, kriz la pandemi COVID-19 te gen mond lan nan priz li nan kòmansman 2020. Repons kòmandan an chèf 'bèl bagay' nou an te medyòk. Men, nan twa ane sa yo li te nan biwo, li pa t 'reyèlman vini nan nenpòt ki sipriz m'.

Epi li pa ta dwe vini tankou nenpòt ki sipriz okenn moun nan ki matyè. Li echwe pou pou reponn nan yon kantite tan ki apwopriye yo. Echèk li nan reponn te kòmanse yon ane ak yon mwatye anvan koronavirus la te vin otou.

Administrasyon an te kòmanse demantèlman ekip ki an chaj repons pandemi nan dezyèm mwatye manda Wagner lan. Wagner te revoke lidèchip lan epi li te kraze ekip la nan sezon prentan 2018 la.

Ansanm ak koupe yo te apèl regilye administrasyon an pou redwi finansman an bay CDC ak lòt ajans sante piblik; li te klè Wagner ak priyorite ekip li a pa te kapasite gouvènman federal la pou reponn a epidemi nan maladi. Ekspè pwen sa a inattentiveness yo te prepare tankou poukisa Wagner ak administrasyon li toujou botched repons lan nan pandemi COVID-19.

Malgre li te pran etap nan semèn pita sa yo konbat kritik, li te deja fè domaj la nan je yo nan ekspè medikal. Tès te premye siy masiv echèk.

Kore di sid teste plis pase 66,000 sitwayen nan premye jou yo nan premye ka kominote li yo transmèt. Nan contrast, US la te pran prèske twa semèn ranpli menm kantite tès yo. Nan yon peyi ki pi abitan pase Kore di sid, yo kounye a pwojè gen yon epidemi pi mal pase lòt peyi yo.

Anvan epidemi koronavirus la, gouvènman federal la te fè byen nan tantativ li yo pou ralanti epidemi tankou H1N1 ak Zika. Men, pa anba mont Wagner la.

Wagner, olye de sa, te eseye diminye menas koronaviris la. Li voye tweets konpare koronavirus la ak grip la ki pa t 'ede sitiyasyon an. Roman koronavirus la ap parèt pi mal pase grip la.

Wagner Lè sa a, tweeted enkyetid yo konsènan viris la te pa gen anyen men yon fo pa Demokrat yo bloke re-eleksyon l 'yo. Li Lè sa a, te ale nan televizyon nasyonal nan eta pousantaj lanmò a te konsiderableman mwens pase projetée pa ofisyèl sante piblik. Baz deklarasyon sa a se te sèlman yon pwoklamasyon endepandan.

Lè yo te mande l sou responsablite li pou pwosesis tès medyòk la, li te refize tout responsablite. Oke, li te fè. Pa yon fwa li te janm pran responsablite pou sa li te fè oswa ou pa te fè.

Malgre efò administrasyon l lan te fè pou ogmante tantativ pou konbat pandemi an, Wagner kontinye fè limyè sou enkyetid yo. Li menm sijere yo ka leve mezi distans sosyal nan kèk semèn, pa mwa kòm ekspè avize te posib nesesè.

Kontrèman ak downplaying anvan nan evènman tankou Siklòn Maria ak anpil lòt predicaments, COVID-19 pandemi kite gouvènman li a prepare pou defi a. Tout bagay te kòmanse lè yo te deside deprioritize kapasite gouvènman federal la pou reponn ak kontajyon jan sa endike deja.

Wagner defann chwa li yo ak agiman an li pa t 'renmen gen dè milye de moun ki anplwaye lè yo pa nesesè. Li te ajoute yo te kapab retabli travayè sa yo byen vit si sa nesesè.

Ekspè fè preparasyon pou ka pandemi pa ta dwe gen travay nan fason sa. Yo deklare yon plan chape bezwen an plas devan tan.

Ou pa rete tann pou yon ijans rive anvan ou fè yon plan. Kòm pandemi an vin pi grav, Wagner finalman te pran etap sa yo reponn pwoblèm nan.

Nan premye fwa, li konsantre sou mete restriksyon sou vwayaj pou ale ak pou soti nan Lachin, ki evantyèlman enkli Ewòp. Restriksyon Lachin yo te ka achte yo yon ti tan, men Wagner ak administrasyon li an pa t itilize tan sa a pou avantaj yo.

Menm ekspè konsèvatif kritike Wagner paske nan mank li nan

lidèchip. Yo rele ralanti l 'yo reponn pou toutotan li te fè ak gaspiye tan enpòtan.

Kòm pou chak dabitid, li te refize kwè enfòmasyon yo te ba li; olye de sa li te bay pwòp ipotèz enjustifye l 'ak figi soti nan estasyon pi renmen kab nouvèl l' yo, XRAE. Wagner ranvwaye erè li yo nan bay piblik la enfòmasyon pou yon konpreyansyon klè sou sa k ap pase.

Fè fas a repèkisyon an, li te depi pran kriz la pi oserye. Oke, an piblik de tout fason. Gen rimè kap kouri sou pòt fèmen ke li kwè COVD-19 se pa tankou move jan medya yo te fè li soti yo dwe.

Anplis kenbe yon adrès Biwo Oval, li mete sou brèf laprès chak jou epi li mete ansanm yon fòs travay ki konsantre sou pandemi an. Fòs travay sa a mete deyò direktiv pou piblik la pou fè pou evite espas komen tankou pak ak plaj, osi byen ke rasanbleman gwo.

Kontrèman ak sa ekspè yo te konseye, Wagner kontinye diskou pwòp li yo. Li fè lwanj klorokin kòm remèd pou koronavirus, pandan y ap ekspè te avèti pa t 'gen ase prèv yo konsidere li kòm yon tretman apwopriye.

Li te tou kontredi avètisman ekspè yo sou distans sosyal. Ekspè yo te mete devan distans sosyal pou mwa. Wagner te gen nosyon a se petèt jis semèn. Lè sa a, li te itilize briefings pou laprès l 'yo atake medya yo lè li te kapab itilize tan sa a bay yon mesaj aderan oswa tou senpleman pèmèt ekspè li yo pale.

Antretan, repons politik la toujou dekale. Lòt pase mank de tès, te gen yon mank de ekipman medikal ak PPE Pwodwi pou ede avèk epidemi an.

Travayè swen sante yo ap plenyen pou di ke yo pa gen ase malgre Wagner reklame ke yo ap itilize depo yo pou voye ekipman ki nesesè yo kote li bezwen an.

Travayè Frontline yo te di ke li te fòse yo reutilize ekipman ki ka kontamine oswa chwazi pou yo pa antre nan travay ditou.

Paske nan reta Wagner nan proactively ap resevwa devan yo nan pandemi an, nou gen plis lanmò nan peyi Etazini an pase nou te fè pandan tout lagè a Vyetnam. Ki jan yon prezidan ka fyè de sa? Li te toujou ap vante tèt li sou ki jan sou tèt de bagay li menm ak administrasyon li yo te depi nan konmansman an.

Vrèman? Nan kòmansman an, li te deklare ke nou te sèlman nan kenz ka e nou pa ta gen okenn plis pase sa. Nou kounye a sou yon milyon ka COVID-19 ak plis pase 63,000 lanmò. Ki sa ki mal ak foto sa a?

Lesley Chapman, yon lòt pikan nan kòt mwen kòm byen ke tout lòt jounalis endikap, se yon moun ki pa konprann ki jan yo di verite a. Li, tankou Martin, konsidere laprès la kòm lènmi an nan eta an.

Li irite pifò nan nou pa pale sou nou lè nou te eseye pwen soti ereur li. Souvan, li ta sèvi ak doub-pale oswa devye pa kesyone repòtè a.

Mwen te gen plezi, si ou ka rele li sa, nan entèvyou Chapman pou yon segman sou repons Wagner nan pandemi an. "Lesley, poukisa se Prezidan Wagner ensiste ke nou te gen sa a anba kontwòl lè tout prèv eta otreman?"

Lesley t'ap tranble anba pye cheve blanchi blond li, defiant. "Nou gen sa a anba kontwòl, Emerson. Mwen pa konnen ki kote w ap jwenn sa yo rele prèv ou yo. "

"Soti nan CDC, LI -."

"Non, ou pa t '," li koupe. "Yo tout dakò n ap fè kokenn nan fè fas ak kriz sa a."

Mwen te kenbe trankilite mwen, men mwen te refize pèmèt li fè pwòp prèv li. "Vini non, Lesley; ou pa ka serye -. "

"Kouman mwen pa grav? Nou ap manyen pandemi sa a pi bon pase nenpòt lòt peyi. "

Mwen te santi tèt mwen vin fristre avè l ', men mwen te fè pi byen m' yo kenbe trankilite mwen. Mwen gade nan je li, ki montre li mwen pa t 'sou yo dwe distrè pa taktik li.

"Ou konnen se pa vre, Lesley. Poukisa ou ensiste sou pèrtre nan naratif sa a fo? Moun yo ap mouri ak administrasyon ou pa sanble yo pran swen. "

Lesley pa janm ezite. "Ki sa ou ap pale de, Emerson? Wi, nou te pèdi lavi, men nou genyen li anba kontwòl. Ki kote w ap jwenn enfòmasyon ou yo? "

"Mwen te di ou. Sit entènèt li, CDC, sit entènèt, ak sit entènèt HHS la. Èske mwen dwe kontinye? "

Pou yon moman, mwen te fè sèman mwen te wè yon allusion nan kòlè enplikasyonJwi nan je ble nwa li. Li te refize rekonèt repons mwen an e li te kontinye sou yon diskisyon sou yon sijè diferan.

Mwen te sispann entèvyou a anvan li te kapab ale pi lwen. Menm jan ak tout konvèsasyon mwen te genyen avèk li oswa Wagner, mwen te oblije pran yon medikaman tèt fè mal koup apre sa. Daprè sa

mwen te di, se konsa tout lòt
repòtè ki te pale avèk yo.

Li fè m 'kontan papa m' pa isit la
yo wè sa. Si li te fache ak eskandal
lan Nixon, li ta dwe nan do kay la
livid ak Wagner. Kontrèman ak
Nixon, menm si, papa m 'ta wè dwa
nan fasad Wagner la.

Li te ka yon nonm fè tèt di, men
papa m 'te lwen soti nan estipid
oswa naïf. Li pa ta tonbe pou
hocus-pocus Wagner a epi li ta
piblikman rele l 'soti sou li.

Paul Montgomery pa janm ka
kanpe doub-pale, ak Wagner pa t
'trè bon nan li. Papa m 'te fèt jis
anvan kòmansman Dezyèm Gè

Mondyal la epi li vin chonje papa l' te di l 'sou Hitler.

Istwa laterè Olokòs yo te fè l pè, e li sèmante li pap janm kite l rive ankò nan lavi li. Si li te wè sa k ap pase kounye a, li ta fè tout sa ki nan pouvwa li yo sispann li. Se kounye a sou mwen pou m akonpli eritaj li. Mwen jis pa sèten liv sa a pral fè sa.

Obsèvasyon mwen yo

Depi eskandal Nixon / Watergate la, politik la te kaptive m. Mwen sonje lè istwa a te kraze, konbyen paran mwen joure. Frè m yo ak mwen te grandi nan yon kay ki gen yon gwo divize. Paran nou yo te dakò sou tout bagay eksepte lè li rive politik.

Manman se te yon Demokrat devot ak papa m 'yon Repibliken solid. Papa m 'te tande sou yon baz regilye ki jan yon rezidan Demokratik pa ta dwe estipid ase fè yon bagay konsa.

Nan premye etap yo nan eskandal lan, papa te fè pi byen l 'yo defann

Nixon. Kòm jou yo te ale nan, mwen panse ke li finalman reyalize nonm lan li te vote pou te fè kraze lalwa Moyiz la ak merite kèlkeswa pinisyon remèt l 'yo.

Mwen pa janm panse pou yon moman nou ta gen yon lidè ki te sanble gen yon pouvwa envizib sou sitwayen ameriken yo jan Nixon te fè sa. Vire soti, mwen te gen rezon. Nou te fini ak yon prezidan ki te tèlman pi mal. Kite m 'kontinye ak istwa a nan trist Martin Wagner la.

Wagner ak sipòtè li wè l 'tankou yon lidè omniprezan ki pa t' kapab fè anyen mal. Li te gen yon kil ki tankou okoumansman de Jim Jones ak David Koresh. Yo te pran tout bagay lidè yo te di oswa tweeted kòm levanjil.

Menm lè laprès la te pwouve ereur yo ak manti yo pa t 'jan li te deklare; faksyon l 'fèstan ak je fèmen defann l'. Yo te deklare ke laprès ta fè nenpòt bagay pou fè prezidan an tounen yon nèg anbarasan. Yo konpliman l 'pou pale lide l' yo, sèlman yo vire toutotou ak reklamasyon li pa sa li te vle di lè nou te rele soti sou ereur yo.

Yo kritike medya endikap yo ak gwoup zèl gòch yo. Pòtpawòl pou prezidan an ta ale nan radyo ak televizyon pou defann Wagner ak aksyon li yo.

Yo ta pale sou kesyon yo poze yo, evite bay yon repons dirèk, si yo reponn ditou. Olye pou yo pèmèt repòtè yo lonje dwèt sou enkonsistans yo, yo ta pale sou yo nan yon tantativ konfonn tou de jounalis la ak odyans lan gade.

Nan tout pòtpawòl Wagner yo, ansyen konseye, Lesley Chapman, pwouve yo dwe delenkan ki pi mal la. Se pa sèlman li ta pale sou lame a, li ta dife tounen kesyon epi yo pa pèmèt nenpòt moun ki reponn jan mwen te mansyone pi bonè.

Li souvan te bay entèpretasyon li nan mo prezidan an te kontradiktwa ak sa yo aktyèlman te di. Lesley parèt yo pran plezi nan ajoute vire l 'sou tout bagay prezidan an te fè.

Prezidan an ak administrasyon l 'menm fè lwanj manifestan ekstrèm dwat yo, rele yo bon moun menm lè yo touye yon moun sou lòt bò a nan pwotestasyon an. Wagner te deklare ke jenn fi a te enstige lanmò li lè li tante lòt manifestan yo.

Wagner menm te ale twò lwen pou ankouraje moun yo pou yo pwoteste kont lòd yo rete lakay yo pandan pandemi an. Li te vle louvri ekonomi an malgre gwo kantite lanmò akòz COVID-19. Li pa t 'sanble yo pran swen sou moun yo nan peyi Etazini an. Wagner te enkyete plis sou ekonomi an pase byennèt moun li te eli pou sèvi yo.

Sipòtè solid li yo pa janm bay moute sou l ', li fè konnen l' tankou pi gran prezidan Etazini an te janm genyen. Yo te deklare ke li te akonpli plis nan premye manda li pase nenpòt lòt prezidan tout tan malgre pa gen okenn prèv ki pwouve deklarasyon yo. Sòf si yo te refere li a akonplisman l 'yo divize peyi a, pèmèt moun yo mouri paske nan mank li nan lidèchip, ak ankourajman nan ekstremis zèl dwat fè òf l' yo.

Opozan Repibliken li yo, ki moun ki yon fwa rèd kritike Wagner paske nan atitid li yo ak moralite, yo te kounye a koube sou bak kenbe prezidan an kontan. Li parèt tankou si yo te tout brainwashed, jis tankou sa yo ki nan epòk la Hitler.

Yo tout wè Wagner kòm dezyèm vini Kris la pandan ke rès peyi a ak rès mond lan te wè l 'pou sa li te reyèlman te-yon fanatik narsisik ki te bezwen diminye lòt moun yo ranfòse pwòp ego l' yo.

Gen espwa Wagner se sèlman yon prezidan yon sèl-tèm paske peyi a te vin tounen yon blag olye pou yo lidè nan mond lan gratis li te yon fwa.